U0470434

Wan Fang Tong Meng

(Ribuan Keindahan Impian Bersama):

Pameran Khas Budaya "Mimpi di Mahligai Merah" di Malaysia

Editor: Zhou Qingfu

万芳同梦

《红楼梦》文化展马来西亚特展

周庆富 · 主编

文化艺术出版社
Culture and Art Publishing House

万芳同梦

《红楼梦》文化展马来西亚特展

展览工作委员会

指导单位

中国艺术研究院

马来亚大学

主办单位

中国艺术研究院艺术与文献馆

马来亚大学图书馆

协办单位

中国艺术研究院红楼梦研究所

马来亚大学中文系

马来亚大学红楼梦研究中心

总策划

周庆富先生（中国艺术研究院院长）

齐永刚先生（中国艺术研究院党委副书记）

Profesor Dato' Seri Ir. Dr. Noor Azuan Abu Osman（马来亚大学校长）

Profesor Ir. Dr. Ramesh Singh A/L Kuldip Singh［马来亚大学副校长（发展）］

顾问

中方：

张庆善教授（中国艺术研究院原常务副院长、中国红楼梦学会名誉会长）

孙伟科教授（中国艺术研究院红楼梦研究所名誉所长、中国红楼梦学会会长）

石中琪教授（中国艺术研究院红楼梦研究所副所长、中国红楼梦学会执行秘书长）

胡晴教授（中国艺术研究院《红楼梦学刊》副主编、中国红楼梦学会副秘书长）

卜喜逢副教授（中国艺术研究院红楼梦研究所学术秘书、中国红楼梦学会副秘书长）

马方：

丹斯里陈广才（马来亚大学红楼梦研究中心创办人兼荣誉会员、特聘教授、马来亚大学中文系毕业生协会荣誉会长）

拿督黄子坚教授（马来西亚科学院院士、马来亚大学文学暨社会科学院院长、历史系教授）

潘碧华副教授（马来亚大学中文系主任、马来亚大学红楼梦研究中心主任）

Puan Raja Sothi A/P Raja Sapai（马来亚大学图书馆馆长）

Profesor Ts. Dr. Ainuddin Wahid Bin Abdul Wahab（马来亚大学图书馆前馆长）

许爱萍女士（马来亚大学图书馆副馆长）

Puan Zanaria Saupi Udin（马来亚大学图书馆副馆长）

Puan Zahirah Noor Zainol Abidin（马来亚大学图书馆博物馆与艺术廊代主任）

策展人

郑光旭教授（中国艺术研究院艺术与文献馆馆长、一级美术师）

展览执行 / 协调

中方：

邵晓洁博士（中国艺术研究院艺术与文献馆副馆长、研究员）

裴潇女士（中国艺术研究院艺术与文献馆综合部主任）

朱玲女士（中国艺术研究院艺术与文献馆展览部副主任、二级美术师）

霍超博士（中国艺术研究院艺术与文献馆研究部主任、副研究员）

向谦先生（中国艺术研究院艺术与文献馆服务部副主任、副研究馆员）

安慧中女士（中国艺术研究院艺术与文献馆展览部）

郭慧子女士（中国艺术研究院艺术与文献馆研究部）

谭凤环女士（中国艺术研究院红楼梦研究所美术师）

孙大海博士（中国艺术研究院红楼梦研究所助理研究员）

姚姝含博士（中国艺术研究院红楼梦研究所助理研究员）

熊博瑶先生（中国艺术研究院研究生院硕士研究生）

周嘉卉女士（中国艺术研究院研究生院硕士研究生）
孟甜女士（中国艺术研究院研究生院硕士研究生）

马方：

谢依伦博士（马来亚大学中文系、马来亚大学红楼梦研究中心）
Encik Mohammad Umair Abd Rahim（马来亚大学图书馆艺术廊）
罗立勤先生（马来亚大学东亚图书馆）
张惠思博士（马来亚大学中文系、马来亚大学红楼梦研究中心）
郭紫薇博士（马来亚大学中文系、马来亚大学红楼梦研究中心）
王秀娟博士（马来亚大学中文系、马来亚大学文学院 Peranakan 研究小组）
黄玉琴女士（马来亚大学红楼梦研究中心研究助理、马来亚大学中文系硕士生）
林俊希女士（马来亚大学红楼梦研究中心研究助理、马来亚大学中文系硕士生）
李海宏女士（马来亚大学红楼梦研究中心研究助理、马来亚大学中文系博士生）
许美薇女士（马来亚大学中文系办公室助理、马来亚大学中文系硕士生）

展品统筹

王先宇先生（中国艺术研究院艺术与文献馆副馆长）
宫楚涵女士（中国艺术研究院艺术与文献馆藏品管理部主任、副研究馆员）
张申波先生（中国艺术研究院艺术与文献馆藏品管理部副主任、副研究馆员）
王礼女士（中国艺术研究院艺术与文献馆藏品管理部）
梁秀群女士（中国艺术研究院艺术与文献馆藏品管理部）
刘婧女士（中国艺术研究院艺术与文献馆藏品管理部）
李超先生（中国艺术研究院艺术与文献馆藏品管理部）
尹红艳女士（中国艺术研究院艺术与文献馆藏品管理部）

影像制作

张建生先生（中国艺术研究院艺术与文献馆信息技术部副主任、二级摄影师）
张涛先生（中国艺术研究院艺术与文献馆信息技术部、二级摄影师）
刘晓辉先生（中国艺术研究院艺术与文献馆信息技术部、一级摄影师）
刘博文先生（中国艺术研究院艺术与文献馆信息技术部）
刘颖昕女士（中国艺术研究院艺术与文献馆信息技术部）

Wan Fang Tong Meng

(Ribuan Keindahan Impian Bersama):

Pameran Khas Budaya "Mimpi di Mahligai Merah" di Malaysia

Jawatankuasa Kerja

Penaung

Chinese National Academy of Arts (CNAA)

Universiti Malaya (UM)

Penganjur

Perpustakaan *Chinese National Academy of Arts (CNAA)*

Jabatan Kesarjanaan Digital & Maklumat Semesta (Perpustakaan), Universiti Malaya

Penganjur Bersama

Institut Pengajian Hong Lou Meng, *Chinese National Academy of Arts (CNAA)*

Jabatan Pengajian Cina, Fakulti Sastera dan Sains Sosial (FSSS), Universiti Malaya (UM)

Pusat Penyelidikan Hong Lou Meng, Fakulti Sastera dan Sains Sosial (FSSS), Universiti Malaya (UM)

Perancang Utama

Tuan Zhou Qingfu [Presiden, *Chinese National Academy of Arts (CNAA)*]

Tuan Qi Yonggang [Timbalan Setiausaha PKC Jawatankuasa Chinese National Academy of Arts (CNAA)]

Profesor Dato' Seri Ir. Dr. Noor Azuan Abu Osman (Naib Canselor, Universiti Malaya)

Profesor Ir. Dr. Ramesh Singh A/L Kuldip Singh [Timbalan Naib Canselor (Pembangunan), Universiti Malaya]

Penasihat

Pihak China:

Profesor Zhang Qingshan (Mantan Timbalan Presiden Eksekutif CNAA; Presiden Kehormat Persatuan Hong Lou Meng China)

Profesor Sun Weike (Pengarah Kehormat Institut Pengajian Hong Lou Meng, CNAA; Presiden Persatuan Hong Lou Meng China)

Profesor Shi Zhongqi (Timbalan Pengarah, Institut Pengajian Hong Lou Meng, CNAA; Setiausaha Persatuan Hong Lou Meng China)

Profesor Hu Qing (Timbalan Ketua Editor Jurnal Kajian Hong Lou Meng, *Chinese National Academy of Arts (CNAA)*; Timbalan Setiausaha Persatuan Hong Lou Meng China)

Profesor Madya Bu Xifeng [Setiausaha Akademik, Institut Pengajian Hong Lou Meng, *Chinese National Academy of Arts (CNAA)*; Timbalan Setiausaha Persatuan Hong Lou Meng China]

Pihak Malaysia:

Tan Sri Chan Kong Choy [Pengasas dan Ahli Kehormat, Pusat Penyelidikan Hong Lou Meng, Fakulti Sastera dan Sains Sosial UM; Profesor Adjung, Jabatan Pengajian Cina, Fakulti Sastera dan Sains Sosial UM; Presiden Kehormat, Persatuan Siswazah Jabatan Pengajian Tionghoa, Universiti Malaya, Malaysia (PEJATI)]

Profesor Datuk Dr Danny Wong Tze Ken (Felo Akademi Sains Malaysia; Dekan Fakulti Sastera dan Sains Sosial UM; Profesor Jabatan Sejarah, Fakulti Sastera dan Sains Sosial UM)

Profesor Madya Dr Fan Pik Wah (Ketua Jabatan Pengajian Cina, Fakulti Sastera dan Sains Sosial UM; Ketua Pusat Penyelidikan Hong Lou Meng, Fakulti Sastera dan Sains Sosial UM)

Puan Raja Sothi A/P Raja Sapai [Pengarah Eksekutif, Jabatan Kesarjanaan Digital & Maklumat Semesta (Perpustakaan) UM]

Profesor Ts. Dr. Ainuddin Wahid Bin Abdul Wahab [Mantan Pengarah Eksekutif, Jabatan Kesarjanaan Digital & Maklumat Semesta (Perpustakaan) UM]

Puan Koh Ai Peng [Timbalan Ketua Pustakawan, Jabatan Kesarjanaan Digital & Maklumat Semesta (Perpustakaan) UM]

Puan Zanaria Saupi Udin [Timbalan Ketua Pustakawan, Jabatan Kesarjanaan Digital & Maklumat Semesta (Perpustakaan) UM]

Puan Zahirah Noor Zainol Abidin [Pemangku Ketua, Bahagian Muzium & Galeri Seni, Jabatan Kesarjanaan Digital & Maklumat Semesta (Perpustakaan) UM]

Kurator

Profesor Zheng Guangxu [Ketua, Perpustakaan *Chinese National Academy of Arts (CNAA)*; Artis Kelas Pertama]

Penyelaras Pameran

Pihak China:

Dr. Shao Xiaojie [Timbalan Ketua Pustakawan, Perpustakaan *Chinese National Academy of Arts (CNAA)*; Penyelidik]

Puan Pei Xiao [Ketua Bahagian Am, Perpustakaan *Chinese National Academy of Arts (CNAA)*]

Puan Zhu Ling [Timbalan Ketua Bahagian Pameran, Perpustakaan *Chinese National Academy of Arts (CNAA)*; Artis Kelas Kedua]

Dr. Huo Chao [Ketua Bahagian Penyelidikan Perpustakaan *Chinese National Academy of Arts (CNAA); Associate Researcher*]

Encik Xiang Qian [Timbalan Ketua Bahagian Perkhidmatan, Perpustakaan *Chinese National Academy of Arts (CNAA); Associate Research Librarian*]

Puan An Huizhong [Bahagian Pameran, Perpustakaan *Chinese National Academy of Arts (CNAA)*]

Puan Guo Huizi [Bahagian Penyelidikan, Perpustakaan *Chinese National Academy of Arts (CNAA)*]

Puan Tan Fenghuan [Artis, Institut Pengajian Hong Lou Meng, *Chinese National Academy of Arts (CNAA)*]

Dr. Sun Dahai [Penolong Penyelidik, Institut Pengajian Hong Lou Meng, *Chinese National Academy of Arts (CNAA)*]

Dr. Yao Shuhan [Penolong Penyelidik, Institut Pengajian Hong Lou Meng, *Chinese National Academy of Arts (CNAA)*]

Encik Xiong Boyao [Pelajar Sarjana, Institut Pengajian Siswazah *Chinese National Academy of Arts (CNAA)*]

Puan Zhou Jiahui [Pelajar Sarjana, Institut Pengajian Siswazah *Chinese National Academy of Arts (CNAA)*]

Puan Meng Tian [Pelajar Sarjana, Institut Pengajian Siswazah *Chinese National Academy of Arts (CNAA)*]

Pihak Malaysia:

Dr. Chia Jee Luen (Jabatan Pengajian Cina, FSSS UM & Pusat Penyelidikan Hong Lou Meng, FSSS UM)

Encik Mohammad Umair Abd Rahim [Galeri Seni, Jabatan Kesarjanaan Digital & Maklumat Semesta (Perpustakaan) UM]

Encik Low Li Qin [Perpustakaan Pengajian Asia Timur, Jabatan Kesarjanaan Digital & Maklumat Semesta (Perpustakaan) UM]

Dr. Teoh Hooi See (Jabatan Pengajian Cina, FSSS UM; Pusat Penyelidikan Hong Lou Meng, FSSS UM)

Dr. Florence Kuek Chee Wee (Jabatan Pengajian Cina, FSSS UM; Pusat Penyelidikan Hong Lou Meng FSSS UM)

Dr. Ong Siew Kian (Jabatan Pengajian Cina, FSSS UM; Kumpulan Penyelidikan Peranakan FSSS UM)

Puan Ng Yu Qin (Penolong Penyelidik, Pusat Penyelidikan Hong Lou Meng FSSS UM, Pelajar Sarjana Jabatan Pengajian Cina FSSS UM)

Puan Jessie Ling Jun Hee (Penolong Penyelidik, Pusat Penyelidikan Hong Lou Meng FSSS UM, Pelajar Sarjana Jabatan Pengajian Cina FSSS UM)

Puan Li Haihong (Penolong Penyelidik, Pusat Penyelidikan Hong Lou Meng FSSS UM, Pelajar PhD Jabatan Pengajian Cina FSSS UM)

Puan Khor Mei Wei (Pembantu Pentadbiran Jabatan Pengajian Cina FSSS UM, Pelajar Sarjana Jabatan Pengajian Cina FSSS UM)

Penyelaras Bahan Pameran

Encik Wang Xianzi [Timbalan Ketua Pustakawan, Perpustakaan *Chinese National Academy of Arts (CNAA)*]

Puan Gong Chuhan [Ketua Bahagian Pengurusan Koleksi, Perpustakaan *Chinese National Academy of Arts (CNAA); Associate Research Librarian*]

Encik Zhang Shenbo [Timbalan Ketua Bahagian Pengurusan Koleksi, Perpustakaan *Chinese National Academy of Arts (CNAA); Associate Research Librarian*]

Puan Wang Li [Bahagian Pengurusan Koleksi, Perpustakaan *Chinese National Academy of Arts (CNAA)*]

Puan Liang Xiuqun [Bahagian Pengurusan Koleksi, Perpustakaan *Chinese National Academy of Arts (CNAA)*]

Puan Liu Jing [Bahagian Pengurusan Koleksi, Perpustakaan *Chinese National Academy of Arts (CNAA)*]

Encik Li Chao [Bahagian Pengurusan Koleksi, Perpustakaan *Chinese National Academy of Arts (CNAA)*]

Puan Yin Hongyan [Bahagian Pengurusan Koleksi, Perpustakaan *Chinese National Academy of Arts (CNAA)*]

Biro Multimedia

Encik Zhang Jiansheng [Timbalan Ketua Bahagian Informasi & Teknologi, Perpustakaan *Chinese National Academy of Arts (CNAA)*; Jurufoto Kelas Kedua]

Encik Zhang Tao [Bahagian Informasi & Teknologi, Perpustakaan *Chinese National Academy of Arts (CNAA)*; Jurufoto Kelas Kedua]

Encik Liu Xiaohui [Bahagian Informasi & Teknologi, Perpustakaan *Chinese National Academy of Arts (CNAA)*; Jurufoto Kelas Pertama]

Encik Liu Bowen [Bahagian Informasi & Teknologi, Perpustakaan *Chinese National Academy of Arts (CNAA)*]

Puan Liu Yingxin [Bahagian Informasi & Teknologi, Perpustakaan *Chinese National Academy of Arts (CNAA)*]

万芳同梦

《红楼梦》文化展马来西亚特展

图录编委会

致辞

在“美美与共:《红楼梦》的文明交流互鉴”国际学术活动上的致辞

值此中国艺术研究院与马来亚大学共同主办“美美与共:《红楼梦》的文明交流互鉴”国际学术活动之际，我谨代表中国艺术研究院，向各位与会嘉宾致以最诚挚的问候与感谢！此刻，我们跨越山海相聚于此，共同见证中华文明与世界文明的深度对话。

《红楼梦》是中国古典文学的巅峰之作，也是中华优秀传统文化的杰出代表。它以伟大的思想性与艺术性感染、浸润着一代又一代中国人的心灵，也是向世界展示中华文明的窗口。200多年来，《红楼梦》被翻译成近40种语言、超过160种译本，在世界各地拥有数以亿计的读者，这部巨著已然成为全人类共同的精神财富。在全球化的时代背景下，“文明交流互鉴”是推动世界发展、增进人类福祉的重要力量。此次活动以《红楼梦》为纽带，以“文明交流互鉴”为主题，顺应时代大势，既是对习近平总书记“要把优秀传统文化的精神标识提炼出来”重要指示的实践响应，也是对《红楼梦》跨文化传播规律的深度探索。

《红楼梦》研究一直都是中国艺术研究院一张亮眼的名片。中国艺术研究院设有红楼梦研究所，并创办了《红楼梦学刊》，涌现出冯其庸、李希凡、周汝昌、胡文彬、吕启祥、林冠夫、刘梦溪、张庆善等红学大家，也产出了《红楼梦》（新校注本）、《红楼梦大辞典》等奠基性成果，引领了新时期红学的发展。同时，中国艺术研究院艺术与文献馆还藏有程甲本《红楼梦》、燕铊绘《红楼梦》画册、《红楼梦人名西厢记词句印玩》等珍稀的红学艺术文献。本次交流活动分为学术研讨与藏品展览两个部分，我希望中国艺术研究院的红学传统与底蕴能得到充分的展示与弘扬，也希望我们的红学事业能在交流互鉴中得到持续的促进与发展。

此次与马来亚大学的合作，具有非凡的意义。马来西亚地处东南亚核心地带，是多元文化交融的重要区域，马来亚大学也一直是东南亚地区的红学中心，尤其是马来西亚前交通部部长、马大中文系特聘教授、著名红学家丹斯里陈广才，为本地红学发展做出了突出贡献。我们期待通过此次合作，借助马来亚大学深厚的学术底蕴和广泛的区域影响力，让《红楼梦》这颗东方文化明珠，在东南亚乃至全球范围内绽放更加璀璨的光芒；让不同国家、不同文化背景的人们，都能从《红楼梦》中找到共鸣，感受到人类情感的共通性与文化的多元魅力。

最后，我衷心祝愿“美美与共：《红楼梦》的文明交流互鉴”国际研讨会、文化展览等系列学术活动取得圆满成功！希望各位专家学者在此次活动中畅所欲言、收获丰硕成果，也希望通过我们的共同努力，为《红楼梦》的国际传播注入新的活力，为促进不同文明之间的交流互鉴搭建更加坚实的桥梁。

我相信这场不远万里的盛会，终会成为流传千载的佳话！

中国艺术研究院院长

前言

万芳同梦

《红楼梦》文化展马来西亚特展

岁在乙巳，春藏夏长，万物繁茂，值此“美美与共：《红楼梦》的文明交流互鉴”国际学术活动开展之际，中国艺术研究院艺术与文献馆和马来亚大学图书馆携手推出“万芳同梦——《红楼梦》文化展马来西亚特展”，以《红楼梦》为纽带，搭建跨越时空与地域的文化对话平台。这场展览不仅是对中国古典文学瑰宝的深情致敬，更是中马两国文明交流互鉴的生动实践，旨在以艺术为媒，探寻经典文学与多元文化的共鸣。

《红楼梦》作为中国古典文学的巅峰之作，自18世纪诞生以来便深受读者欢迎。在200多年的时间里，《红楼梦》被翻译成英、法、德、日、俄、韩、泰、蒙古、荷兰、捷克、马来、西班牙、哈萨克、希腊、匈牙利、希伯来等近40种语言、超过160种译本，在世界各地拥有数以亿计的读者。它是海外传播广泛、影响力巨大的中国古典名著，也是中华优秀传统文化走向世界的重要载体。

本次展览以中国艺术研究院所藏《红楼梦》相关史料文献和艺术品为主，辅以马来西亚收藏家所藏的《红楼梦》相关艺术作品，通过鲜活直观的方式展现《红楼梦》无穷的艺术生命力以及它在不同时代、不同地区的传承与发展。展览包括“程甲记梦”“重圆梦影”“留梦群芳”三个部分。其中，“程甲记梦”展出中国艺术研究院藏程甲本《红楼梦》绣像版画；“重圆梦影”展出清代燕铠绘《红楼梦》画册及当代补绘作品；“留梦群芳”展出其他艺术形式中的《红楼梦》主题作品。

我们期待，这场展览不仅是《红楼梦》艺术魅力的集中绽放，更成为中马文化交流的鲜活注脚；愿观众在此间感受经典文学的永恒力量，体悟文明对话的深远意义，共同见证“各美其美，美美与共”的文化图景。

目录

程甲记梦

乾隆五十六年（1791），程伟元、高鹗整理刊行的程甲本《红楼梦》是中国首部完整刊印的百二十回本，在版本学、文献学、文化史、印刷史上具有重要的学术价值。它开启了这部文学经典的大规模传播，具有极高的历史价值、文化价值和艺术价值。这部收藏于中国艺术研究院的传世珍本，体现了中国艺术研究院学术收藏与科研学脉的共生与互哺。此部分展出中国艺术研究院藏程甲本《红楼梦》绣像版画，精美的绣像版画鲜活还原了书中的人物场景，有力助推了《红楼梦》在清代的流行，具有多维的艺术价值和审美价值。

程甲记梦

中国艺术研究院藏

程甲本《红楼梦》绣像系列

程甲本《红楼梦》共4函24册，曹雪芹著前八十回，无名氏续后四十回，程伟元、高鹗整理刊行。

第一册中印有24开（单版48张）《红楼梦》人物故事与配诗书法，体现了木石前缘、太虚幻境、怡红夜宴等人们耳熟能详的红楼故事。

1套24开木刻版画插图，画框：高17.2cm，宽11.8cm。

石头

中国艺术研究院艺术与文献馆藏

释文：

石耶玉耶，顽耶灵耶。

乾端坤倪，铸尔形耶。

痴海情天，炼尔神耶。

来无始，去无终耶。

渺渺茫茫，吾安穷耶？

方形印释文：

本来面目

石耶玉耶頑耶靈耶乾
端地倪鑄爾形耶癡海
情天鍊爾神耶来無始
去無終耶渺渺茫茫吾
安窮耶

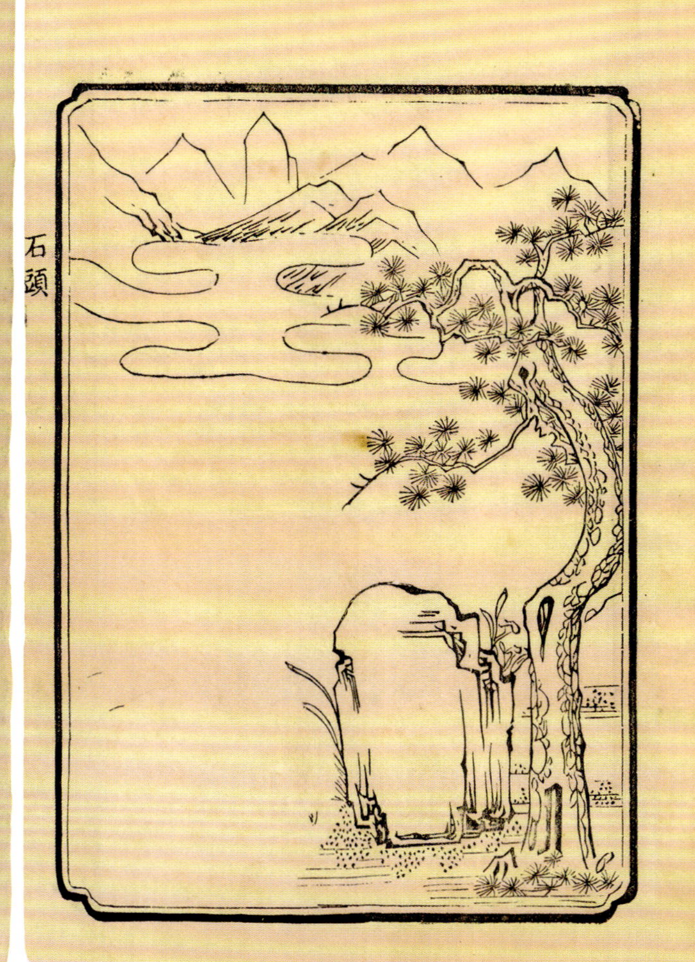

宝玉

中国艺术研究院艺术与文献馆藏

释文：

琳琅品重，朱贡王廷。

花月情多，自开绛洞。

尘网重而情缘素结，真如会而色相俱空。

从此归来三宝地，不妨还我太虚天。

方形印释文：

怡红公子

琳瑯所重未貢王廷花月
情多自開緗洞塵總重而
情緣縈結真如會而色相
俱空迴此歸來式寶地而
妙還我青虛天

怡紅公子

贾氏宗祠

中国艺术研究院艺术与文献馆藏

释文：

江左皇皇族，祠堂气象新。

衣冠三代列，俎豆四时陈。

鹤立金萱蔼，鹓行玉树春。

莫言神叹息，终看叶振振。

圆形印释文：

聚妄合真

江左皇皇族祠堂氣象
新衣冠三代列俎豆四
時陳鶴立金萱藹鶵行
玉樹春莫言神歎息終
看叶振振

史太君

中国艺术研究院艺术与文献馆藏

释文：

安重深闺质，慈祥大母仪。

盛衰同一瞬，白首苦低垂。

方形印释文：

富贵寿考

安重深閨質慈
祥大母儀盛衰
同一瞬白首苦
低垂

贾政　王夫人

中国艺术研究院艺术与文献馆藏

释文：

谁言萱草解忘忧，辛苦严慈意未休。

寄语人间佳子弟，可能无忝所生不？

方形印释文：

温温恭人

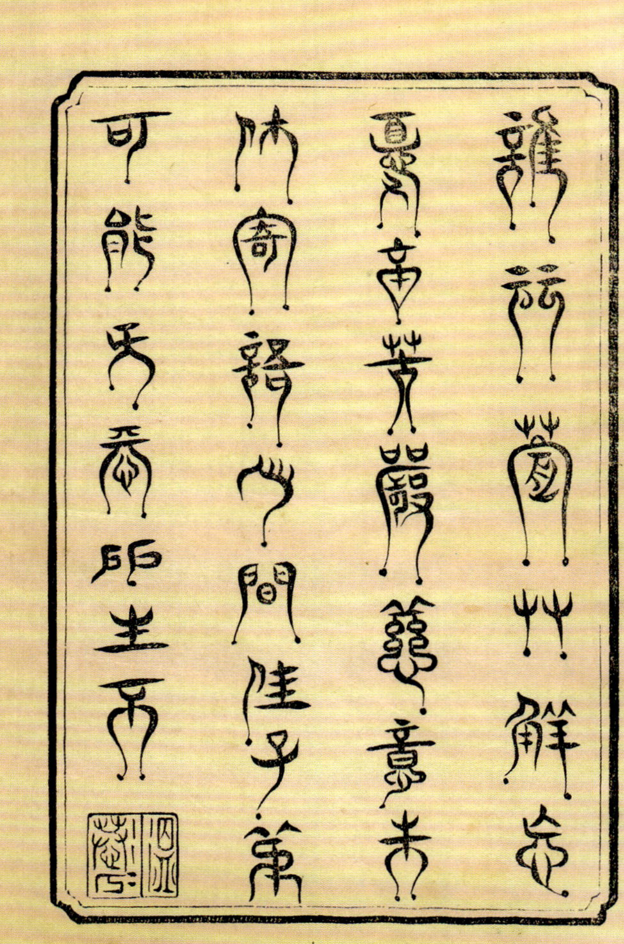

誰話蘭竹解忘
憂高堂嚴親意未
休寄語人間佳子弟
可能天香所生否

元春

中国艺术研究院艺术与文献馆藏

释文：

窈窕淑女，宜君宜王。

归宁父母，鸾声锵锵。

终允兄弟，不可弭忘。

永言配命，鼠忧以痒。

方形印释文：

花如桃李

窈窕淑女宜君宜
王歸寧父母鸞聲
鏘鏘終允兄弟不
可弭忘永言配命
昆憂以痒

迎春

中国艺术研究院艺术与文献馆藏

释文：

菱洲亭畔水萦洄，泪湿阑干空自哀。

底事闲愁挥不去，一篇感应却疑猜。

葫芦印释文：

菱洲

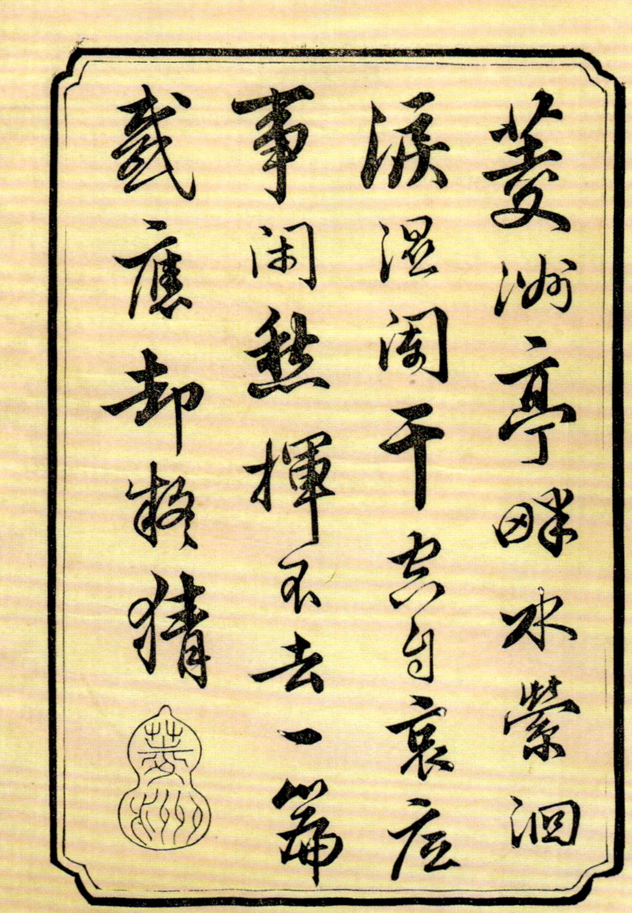
菱洲亭畔水縈洄
事閑愁揮不去一篇

迎春
七

探春

中国艺术研究院艺术与文献馆藏

释文：

有女有女，婉淑且娱。

家政代理，钜细允宜。

克除厥弊，出入量为。

曰勤曰俭，弗偏弗私。

卓卓仪范，为女者师。

椭圆印释文：

蕉下客

了如了如姣洲且好家
政代理钜细久旦先除
积弊出入量为日勤日信
柿偏弗私卓一條範為
如老师

惜春

中国艺术研究院艺术与文献馆藏

释文：

漫道扫眉班马，休论傅粉荆关。

解识名园是画，居然拾得寒山。

圆形印释文：

藕榭

漫道掃眉班馬休
論傳粉黛關辭識
名園是畫居然拾
得寶山

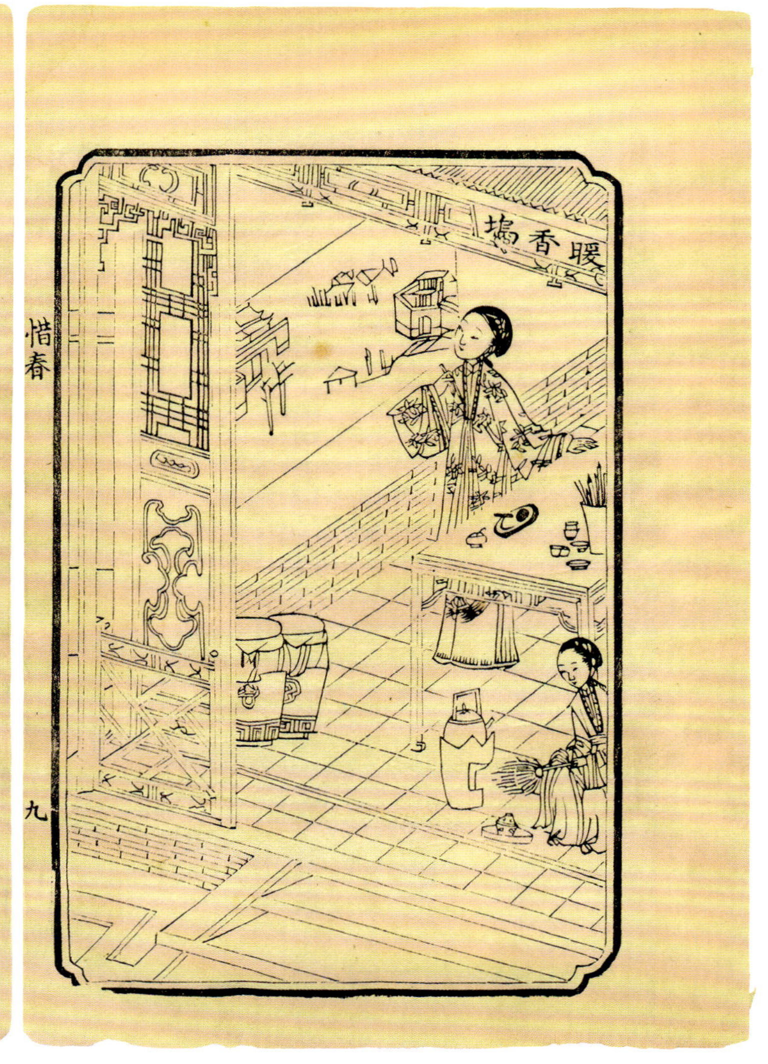

李纨　贾兰附

中国艺术研究院艺术与文献馆藏

释文：

抱得松筠操，青青耐早霜。

鸾飞孤月影，桂发一枝香。

爱雪邀开社，追凉玩插秧。

教儿知稼穑，妇德自流芳。

方形印释文：

稻香老农

李紈 賈蘭附 十

抱得松筠操青青耐早霜鸞飛孤月影桂發一枝香愛雪邀開社追涼玩插秧教兒知稼穡婦德自流芳

稻香老農

王熙凤

中国艺术研究院艺术与文献馆藏

释文：

才调风流迥出尘，宫花分得一枝新。

侬家乍醒阳台梦，斜掠烟鬟半未匀。

长方印释文：

冰雪净聪明

才調風流迴出塵宮花分得一枝新儂家乍醒陽臺夢斜掠烟鬟半未勻

王熙鳳

巧姐

中国艺术研究院艺术与文献馆藏

释文：

维七夕生，是以巧名。

金闺旧梦，空村纺声。

谁假十万，嫁织女星。

椭圆印释文：

竹篱茅舍自甘心

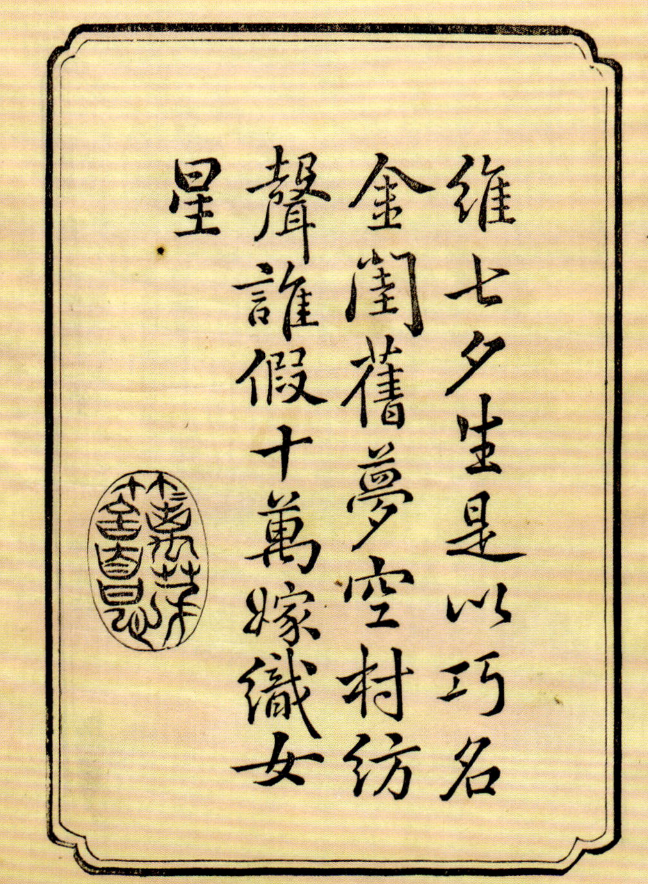
維七夕生是以巧名
金閨舊夢空村紡
聲誰假十萬嫁織女
星

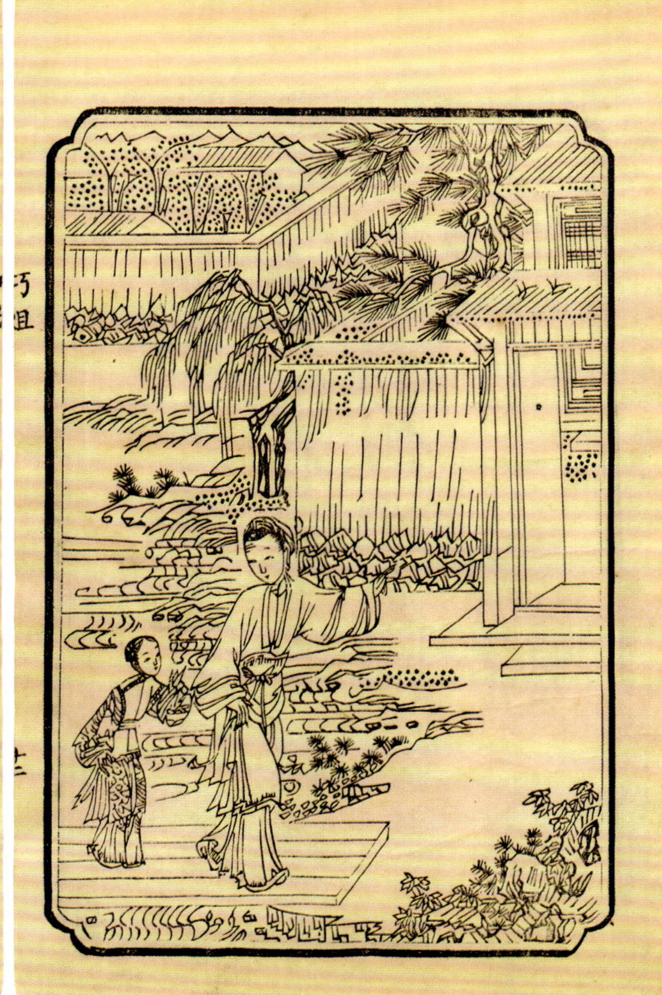

秦氏（秦可卿）

中国艺术研究院艺术与文献馆藏

释文：

香案帘前使，瑶台月下逢。

卿卿本是许飞琼，争被芳名唤起梦魂中。

露冷珠旋落，人遥豆不红。

低枝无奈五更风，一点幽情还逐晓云空。

—— 调寄南柯子

方形印释文：

春梦如云

香案巡盈前使瑤臺月下逢卿〻

本是許飛瓊爭被芳名喚起夢

魂中　露冷珠旋落人遙豆不紅低枝

無奈五更風一點幽情還逐曉雲

空　調寄南柯子

薛宝钗

中国艺术研究院艺术与文献馆藏

释文：

宜尔室家，多藉闺中弱息。

无违夫子，何殊林下高风。

庭闲鹤梦，知午睡之初长。

绣并鸳衾，感霜翎之忽铩。

圆形印释文：

蘅芜君

宜爾室家多藉閨中弱
息無違夫子何殊林下
高風庭閑鶴夢和午睡
上初香繡並鴛念感霜
鋤之勉鐵

蘅蕪君

薛寶釵

林黛玉

中国艺术研究院艺术与文献馆藏

释文：

人间天上总情痴，湘馆啼痕空染枝。

鹦鹉不知侬意绪，喃喃犹诵葬花诗。

方形印释文：

潇湘妃子

人间天上总情痴湘
馆啼痕空染枝鹦鹉
不知侬意绪喃喃犹诵
葬花诗

潇湘妃子

史湘云

中国艺术研究院艺术与文献馆藏

释文：

拾得麒麟去，非关风月媒。

芍裀沉醉后，花向夕阳开。

长方印释文：

枕霞旧友

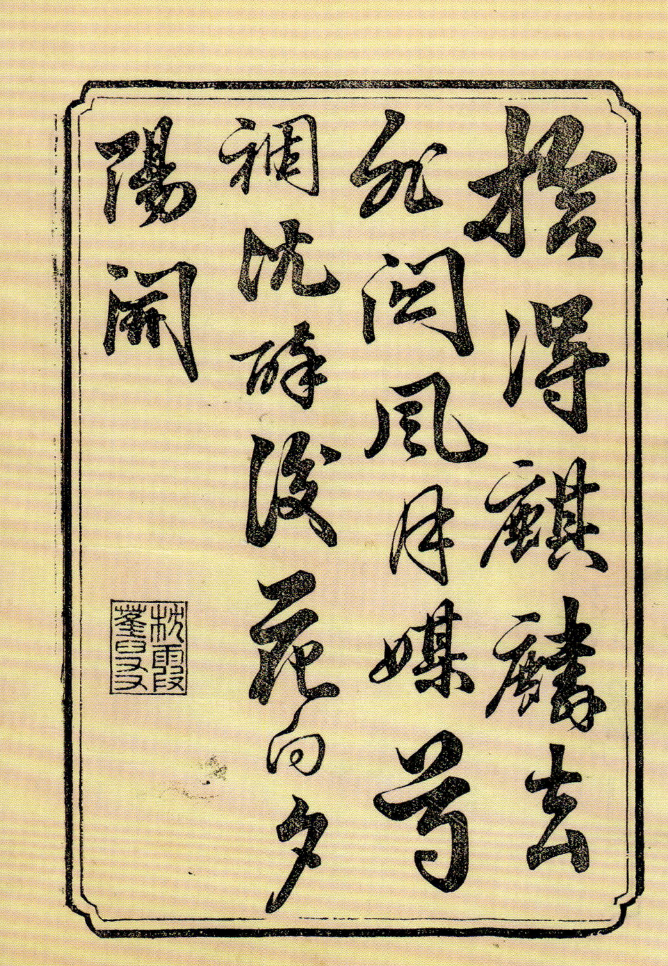
拾得麒麟去
紈閣風月媒茵
裯沈醉後花向夕
陽開

史湘雲

妙玉

中国艺术研究院艺术与文献馆藏

释文：

清寒孤另，云景月华心性，抚前轩。

得意忘言处，无情有恨间。

红梅栊翠寺，白雪稻香村。

不信维摩室，有昆仑。

—— 调寄女冠子

长方印释文：

槛外人

[illegible]寂孤另[illegible]景[illegible]學心性[illegible]
步軒見[illegible][illegible]音[illegible][illegible]情[illegible][illegible]
[illegible]紅楳櫳翠寺白雲[illegible]香[illegible]
不信維摩室內是[illegible]
調寄女冠子

[illegible]

妙玉

十七

薛宝琴

中国艺术研究院艺术与文献馆藏

释文：

鹤氅翩翩红靺鞨，泥金裘洒珍珠屑。

生来自合是梅妆，清一色，娇难别，天花影里胭脂雪。

—— 调寄天仙子

长方印释文：

阳春白雪

鶴氅翩翩红靺鞨泥金
裘滚珍珠屑生来自
合是梅粧清一色嬌難
别天花影裡胭脂雪

調寄天仙子

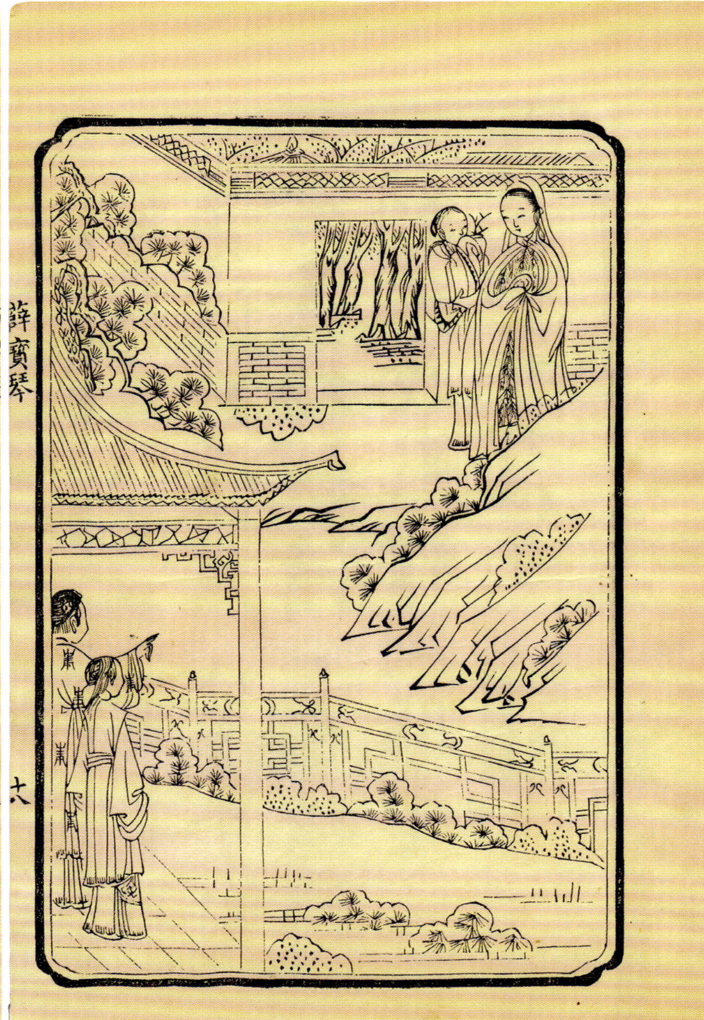

李纹　李绮　邢岫烟

中国艺术研究院艺术与文献馆藏

释文：

翠鬟碧沼曲栏杆，一段闲情寄钓竿。

鱼自忘机人自戏，鸳鸯相睡不相看。

长方印释文：

四美具

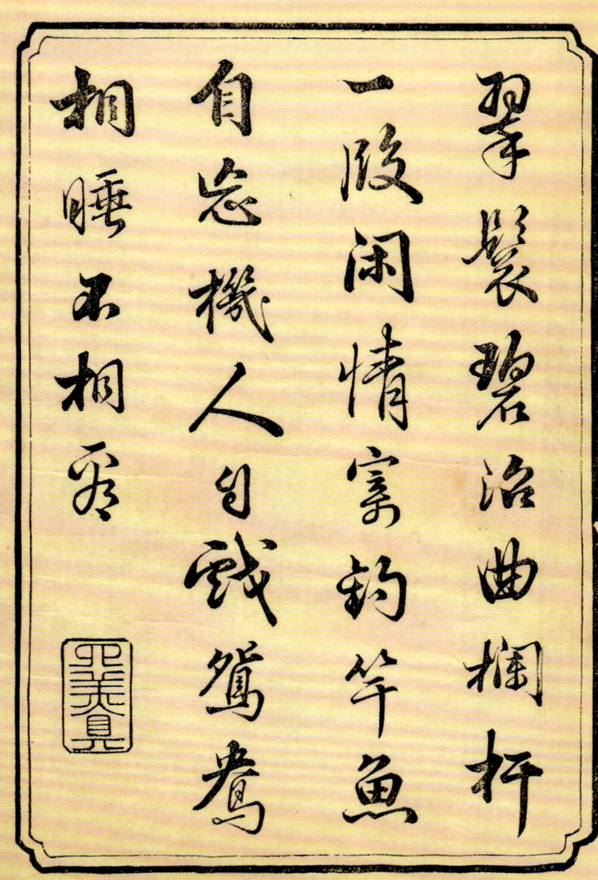

翠鬟碧沼曲欄杆
一段閑情寄釣竿魚
自忘機人自戲鴛鴦
相睡不相猜

尤三姐

中国艺术研究院艺术与文献馆藏

释文：

君有情，妾无情，胭脂虎，鼠子惊。
妾有情，君无情，氤氲使，归花城。
说分说缘都是幻，女子无媒羞自献。
君不见，桃花血蘸鸳鸯剑。

书卷印释文：

无成有终

君有情妾無情胭脂雨亂
子鷩妾已情君無情氤氳
使歸花城説分説緣都是
幻女子無媒羞自獻君不
見桃花血蘸鴛鴦劍

香菱　袭人

中国艺术研究院艺术与文献馆藏

释文：

南园草色绿盈盈，朱栏外，有人声。
秾桃艳李让渠赢。
怎解道，夫妻蕙，占佳名。
小娃恶谑太憨生，裙带染，绣苔青。
郎君阿姊两多情。
悄解换，偷眼看，怕卿卿。
—— 调寄系裙腰

方形印释文：

维参与昴

南園草色綠盈盈朱欄外有人聲穠桃艷李讓渠嬴怎解道夫妻蕙占佳名　小娃惡謔太憨生帬帶染綠苔青郎君阿妹兩多情悄悄解換偷眼看怕卿卿

調寄繫裙腰

晴雯

中国艺术研究院艺术与文献馆藏

释文：

丽质何因犯主威，披裘人自泣斜晖。

可怜白骨添新冢，蔓草荒烟蝶乱飞。

方形印释文：

芙蓉女儿

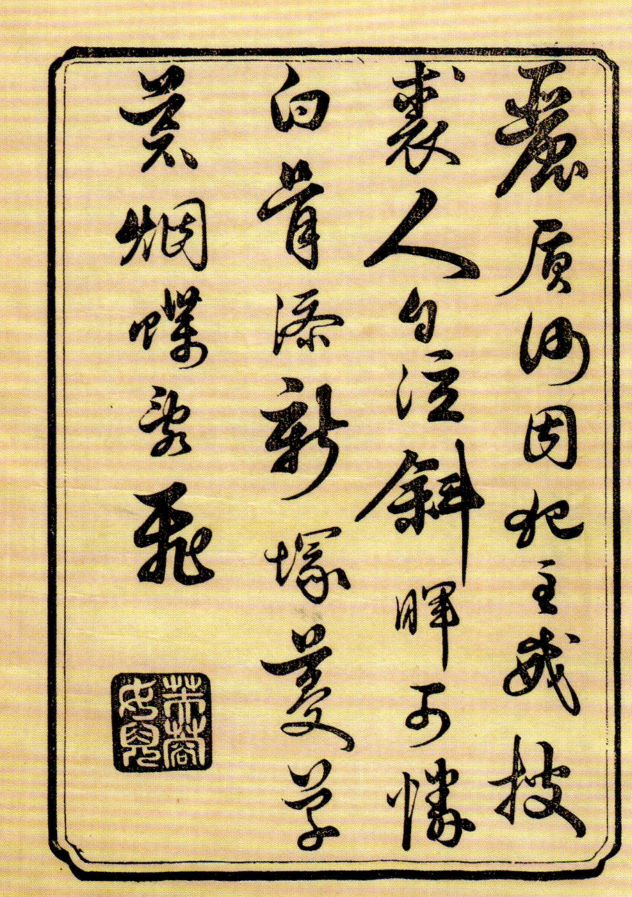

晴雯
二十二

女乐

中国艺术研究院艺术与文献馆藏

释文：

艳舞娇歌，乱红沾袖香生鬓。

紫菱洲近，惊散沙鸥阵。

弦管无情，竟作晨钟信。

休重问，梵声禅韵，千里江南恨。

—— 调寄菩萨蛮

长方印释文：

舞裙歌板逐时新

艷舞嬌歌姿孔冶袖衣生
鬟索菱湖近鷺散沙鷗
陣弦管無情竟作晨鐘侶
休重問梵聲禪韻千里江
南恨　調寄菩薩蠻

女樂

二十三

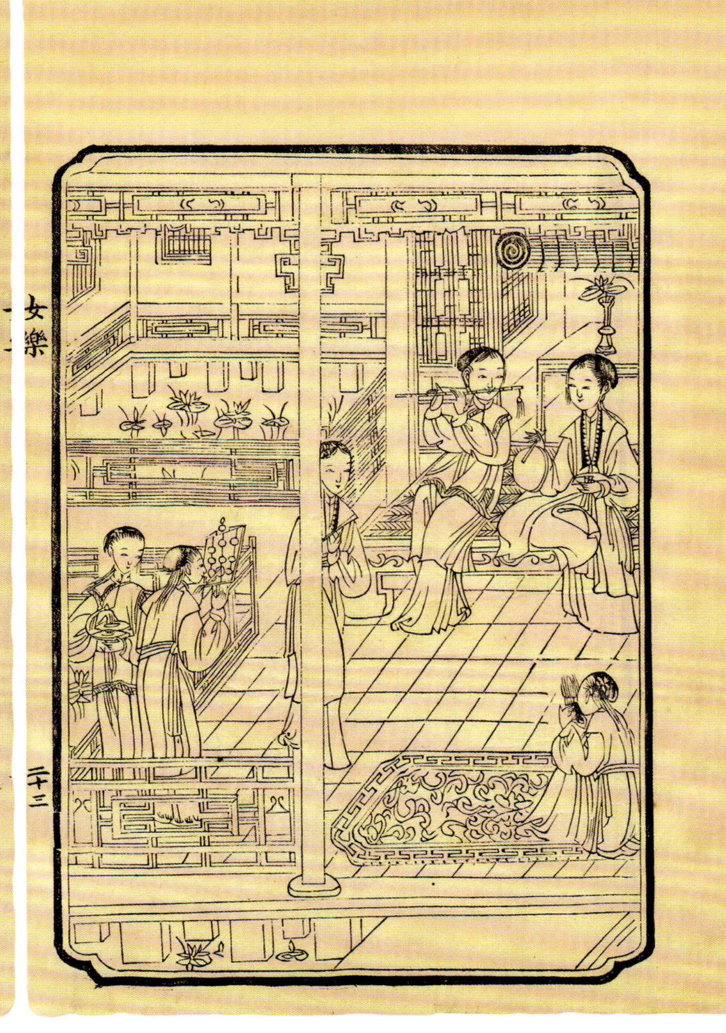

僧道

中国艺术研究院艺术与文献馆藏

释文:

我盗一只牛，你偷一只狗。

若无牛狗，大家撒手;

若有牛狗，大家一口。

到底是怎么着?

月华满天，万象来会。

聚妄合真，随意点缀。

葫芦印释文:

幻形人相

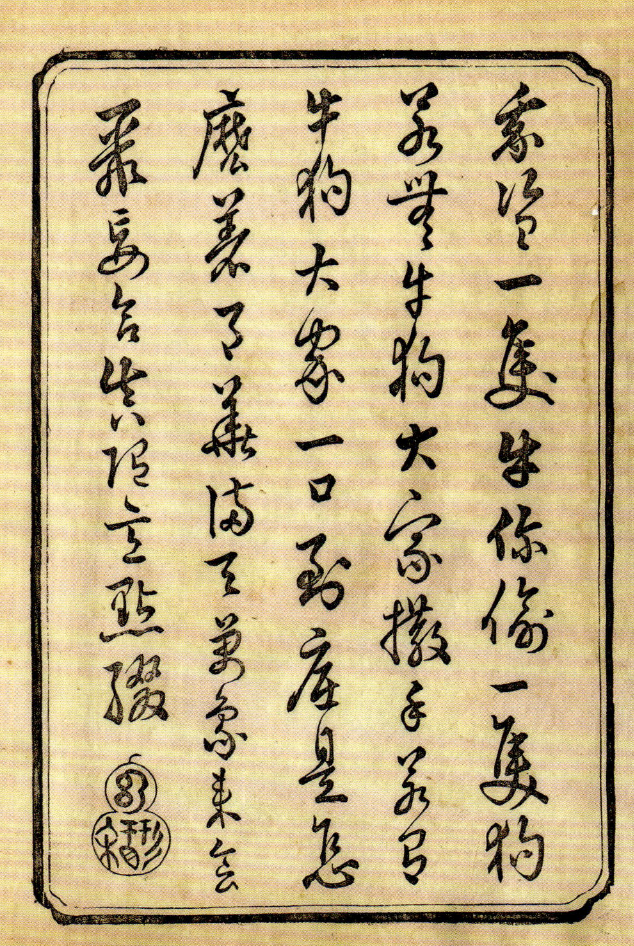

像這一隻牛你像一隻狗
弟兄牛狗大家撒手弟兄
牛狗大家一口到底是甚
麼莫了莫滿天萬象來去
飛來飛去生死從空點綴

重圆梦影

中国艺术研究院藏清代燕铠绘《红楼梦》是传世较早的一部彩绘版《红楼梦》人物故事画册。该画册共有16张，表现了《红楼梦》八十七回之前的重要故事情节，具有十分重要的学术价值和艺术价值。为了更好地展现《红楼梦》人物故事情节的丰富性和完整性，充分展现《红楼梦》的文学性和艺术性，中国艺术研究院红楼梦研究所艺术家谭凤环女士专门补绘6幅燕铠画册中所没有的重要故事情节。此次将燕铠绘画册和谭凤环补绘作品同时展出，堪为一次古今的艺术对话。

中国艺术研究院藏

燕铠绘《红楼梦》画册

清末，共1册16幅，体现了共读西厢、晴雯撕扇、湘云醉卧等众多人们耳熟能详的红楼故事。

画册：高39cm，宽42cm；画芯：高27cm，宽32cm。

谭凤环（笔名谭凤嬛）绘《红楼梦》作品

在燕铠的基础上，谭凤环共补绘6幅画作。

画芯：高43cm，宽31cm。

神游太虚

（清）燕铠绘　中国艺术研究院艺术与文献馆藏

图中绘警幻仙子与贾宝玉，出自《红楼梦》第五回《贾宝玉神游太虚境　警幻仙曲演红楼梦》。

共读西厢

（清）燕铠绘　中国艺术研究院艺术与文献馆藏

图中绘贾宝玉、林黛玉共读《西厢记》，出自《红楼梦》第二十三回《西厢记妙词通戏语　牡丹亭艳曲警芳心》。

春困发幽情

（清）燕铠绘　中国艺术研究院艺术与文献馆藏

图中绘贾宝玉透过碧纱窗看正在房中春困的林黛玉，出自《红楼梦》第二十六回《蜂腰桥设言传心事　潇湘馆春困发幽情》。

羞笼红麝串

（清）燕铠绘　中国艺术研究院艺术与文献馆藏

图中绘站立在潇湘馆前的贾宝玉、薛宝钗和门口的林黛玉，出自《红楼梦》第二十八回《蒋玉菡情赠茜香罗　薛宝钗羞笼红麝串》。

晴雯撕扇

（清）燕铠绘　中国艺术研究院艺术与文献馆藏

图中绘晴雯撕扇，出自《红楼梦》第三十一回《撕扇子作千金一笑　因麒麟伏白首双星》。

怡红午倦

（清）燕铠绘　中国艺术研究院艺术与文献馆藏

图中绘贾宝玉怡红院午睡，薛宝钗一旁补绣肚兜，林黛玉、史湘云窗外窥见，出自《红楼梦》第三十六回《绣鸳鸯梦兆绛芸轩　识分定情悟梨香院》。

秋爽结社

（清）燕铠绘　中国艺术研究院艺术与文献馆藏

图中绘大观园众人结社咏诗，出自《红楼梦》第三十七回《秋爽斋偶结海棠社　蘅芜苑夜拟菊花题》。

品茶栊翠庵

（清）燕铠绘　中国艺术研究院艺术与文献馆藏

图中绘妙玉请林黛玉、薛宝钗品茶，出自《红楼梦》第四十一回《贾宝玉品茶栊翠庵　刘老老醉卧怡红院》。

宝琴立雪

（清）燕铠绘　中国艺术研究院艺术与文献馆藏

图中绘薛宝琴站在山坡上遥等贾母众人，出自《红楼梦》第五十回《芦雪亭争联即景诗　暖香坞雅制春灯谜》。

晴雯补裘

（清）燕铠绘　中国艺术研究院艺术与文献馆藏

图中绘晴雯病中为贾宝玉补雀金裘，出自《红楼梦》第五十二回《俏平儿情掩虾须镯　勇晴雯病补雀毛裘》。

湘云醉卧

（清）燕铠绘　中国艺术研究院艺术与文献馆藏

图中绘史湘云醉卧芍药裀，出自《红楼梦》第六十二回《憨湘云醉眠芍药裀　呆香菱情解石榴裙》。

怡红夜宴

（清）燕铠绘　中国艺术研究院艺术与文献馆藏

图中绘大观园众姐妹在怡红院中给贾宝玉过生日，出自《红楼梦》第六十三回《寿怡红群芳开夜宴　死金丹独艳理亲丧》。

红楼春趣

（清）燕铠绘　中国艺术研究院艺术与文献馆藏

图中绘大观园中众人放风筝，出自《红楼梦》第七十回《林黛玉重建桃花社　史湘云偶填柳絮词》。

黛湘联诗

（清）燕铠绘　中国艺术研究院艺术与文献馆藏

图中绘林黛玉与史湘云联诗，出自《红楼梦》第七十六回《凸碧堂品笛感凄清　凹晶馆联诗悲寂寞》。

四美钓鱼

（清）燕铠绘　中国艺术研究院艺术与文献馆藏

图中绘贾探春、李纹、李绮、邢岫烟四人在藕香榭钓鱼，出自《红楼梦》第八十一回《占旺相四美钓游鱼　奉严词两番入家塾》。

潇湘馆听琴

（清）燕铠绘　中国艺术研究院艺术与文献馆藏

图中绘贾宝玉、妙玉在潇湘馆外听林黛玉抚琴，出自《红楼梦》第八十七回《感秋声抚琴悲往事　坐禅寂走火入邪魔》。

大观园试才

谭凤环绘　谭凤环自藏

图中绘贾政试才贾宝玉，出自《红楼梦》第十七回《大观园试才题对额　荣国府归省庆元宵》。

鳳媛

荣国府省亲

谭凤环绘　谭凤环自藏

图中绘贾元春归省，出自《红楼梦》第十八回《皇恩重元妃省父母　天伦乐宝玉呈才藻》。

譚鳳嬛畫

林黛玉夺魁

谭凤环绘　谭凤环自藏

图中绘大观园众人持螯赏桂，作菊花诗，出自《红楼梦》第三十八回《林潇湘魁夺菊花诗　薛蘅芜讽和螃蟹咏》。

譚鳳嬛畫

两宴大观园

谭凤环绘　谭凤环自藏

图中绘刘姥姥逗趣贾母，惹得众人大笑，出自《红楼梦》第四十回《史太君两宴大观园　金鸳鸯三宣牙牌令》。

黛玉焚稿

谭凤环绘　谭凤环自藏

图中绘林黛玉焚稿断痴情，出自《红楼梦》第九十七回《林黛玉焚稿断痴情　薛宝钗出闺成大礼》。

凤娱

查抄宁国府

谭凤环绘　谭凤环自藏

图中绘查抄宁国府，出自《红楼梦》第一百五回《锦衣军查抄宁国府　骢马使弹劾平安州》。

荣
譚鳳嬛畫

留梦群芳

《红楼梦》问世后，影响了一代又一代文人，续仿之作不断涌现，戏曲、曲艺、影视剧、音乐、绘画、书法等不同形式的改编与再创作亦层出不穷，使《红楼梦》通过多元艺术形式焕发出新的光彩。此部分展出与《红楼梦》相关的艺术创作，包括《红楼梦人名西厢记词句印玩》，《红楼梦》主题的年画、招贴画、剧装照、戏单等，充分展现了《红楼梦》的文化影响力。

紅樓夢人名西廂記詞句印玩

留梦群芳

中国艺术研究院藏

《红楼梦》年画、招贴画、剧装照及戏单等。

马来西亚收藏家

《红楼梦》相关绘画作品。

潇湘馆

清代，高51cm，宽75cm

中国艺术研究院艺术与文献馆藏

潇湘馆为大观园中一景，是林黛玉客居荣国府的住所。潇湘馆招贴画以翠竹、水榭等元素，描绘了潇湘馆的美丽风景和黛玉在潇湘馆的日常。画中人物衣着华丽，为研究清代服饰提供了重要资料，具有极高的艺术价值。

潇湘館

潇湘清韵

清代，高56cm，宽100cm

中国艺术研究院艺术与文献馆藏

杨柳青木版年画，描绘《红楼梦》第八十七回《感秋声抚琴悲往事 坐禅寂走火入邪魔》。

瀟湘清韻

四美钓鱼

清代，高59cm，宽100cm

中国艺术研究院艺术与文献馆藏

杨柳青木版年画印稿，描绘《红楼梦》第八十一回《占旺相四美钓游鱼 奉严词两番入家塾》。

四美釣魚

宝玉和黛玉

当代，高76cm，宽53cm

中国艺术研究院艺术与文献馆藏

图中绘《红楼梦》人物贾宝玉和林黛玉的经典形象。

宝玉和黛玉
金雪塵作

《红楼梦》人物 —— 林黛玉

1978年，高72cm，宽44cm

中国艺术研究院艺术与文献馆藏

图中绘潇湘馆内林黛玉倚窗，眉宇含愁，翠竹映身，幽情尽显，生动地表现出红楼女儿情。

《红楼梦》人物——林黛玉

王叔晖 作

史湘云醉眠芍药裀

1958年，高72cm，宽47cm

中国艺术研究院艺术与文献馆藏

图中绘史湘云在贾宝玉生日宴会上醉酒，酣睡于芍药花丛中的石凳上，形成“红香散乱、蜂蝶围绕”的经典画面。出自《红楼梦》第六十二回《憨湘云醉眠芍药裀　呆香菱情解石榴裙》。

史湘云醉眠芍药裀
SHI XIANG YUN ZUI MIAN SHAO YAO YIN

结诗社（红楼梦故事）

1955年，高50cm，宽75cm

中国艺术研究院艺术与文献馆藏

图中撷取《红楼梦》海棠诗社雅集场景，以青绿山水画作映衬少女泼墨吟咏之姿，重构古典文人雅趣与女性精神觉醒的碰撞。

結 詩 社（紅樓夢故事）
金雪塵作

火绘葬花图

清代，高93.5cm，宽34cm

（清）胡东海绘　中国艺术研究院艺术与文献馆藏

图中绘林黛玉葬花，出自《红楼梦》第二十七回《滴翠亭杨妃戏彩蝶　埋香冢飞燕泣残红》。

款识：

胡君东海擅火绘。此火绘美人为先君仲偓公光绪朝游宦杭州时所得，画法生动，极丰神潇洒之致，而又精细如此，尤为不易，洵称上品。至胡君之名及其里居官阶，惜当年未曾留意，今已无从查考矣！癸未仲夏宁河廉绳祖识，时年六十有二。

钤印：

廉绳祖印、雅希。

胡君東海擅火繪此火繪美人為 先君仲偓公光緒朝游宦杭州時所得畫法生動極丰神瀟灑之致而又精細如此尤為不易洵稱上
品至胡君之名及其里居官階惜當年未曾留意今已無從查考矣
癸未仲夏寧河廉繩祖識時年六十有二

梅兰芳访美京剧图谱 · 舞谱之《千金一笑》

民国，高172cm，宽44cm

中国艺术研究院艺术与文献馆藏

出自梅兰芳访美京剧图谱，《千金一笑》舞谱根据梅兰芳表演时的戏曲舞蹈动作绘制而成。该剧取材于《红楼梦》中“晴雯撕扇”的故事，是梅兰芳新编古装新戏之一。

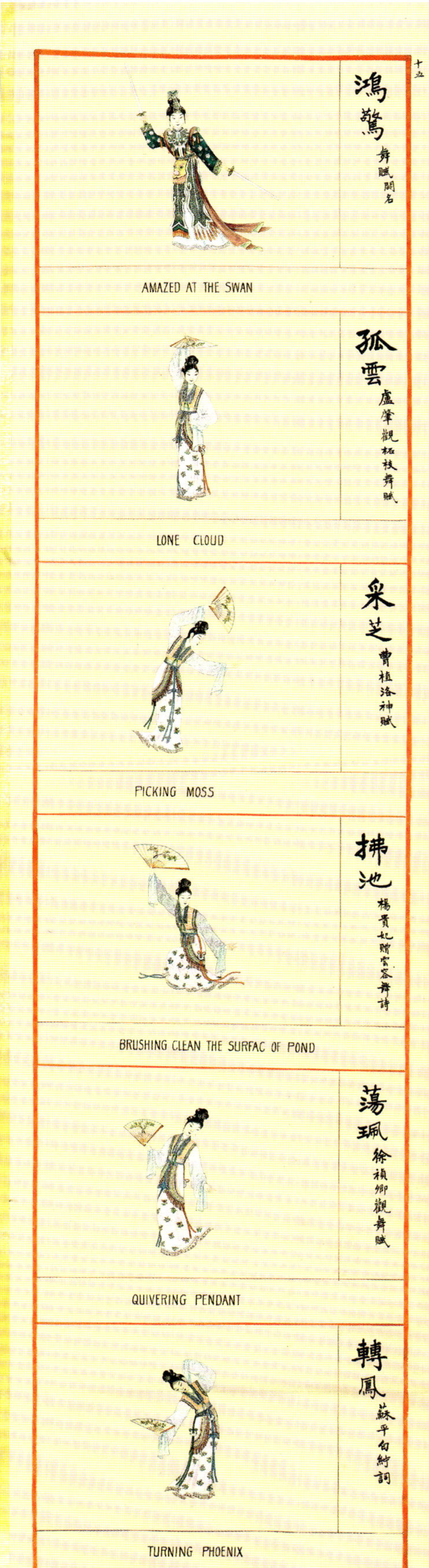
十五
鴻驚 舞賦闕名
AMAZED AT THE SWAN
孤雲 盧肇觀柘枝舞賦
LONE CLOUD
采芝 曹植洛神賦
PICKING MOSS
拂池 楊貴妃贈宮妓舞詩
BRUSHING CLEAN THE SURFAC OF POND
蕩珮 徐禎卿觀舞賦
QUIVERING PENDANT
轉鳳 蘇平句紵詞
TURNING PHOENIX

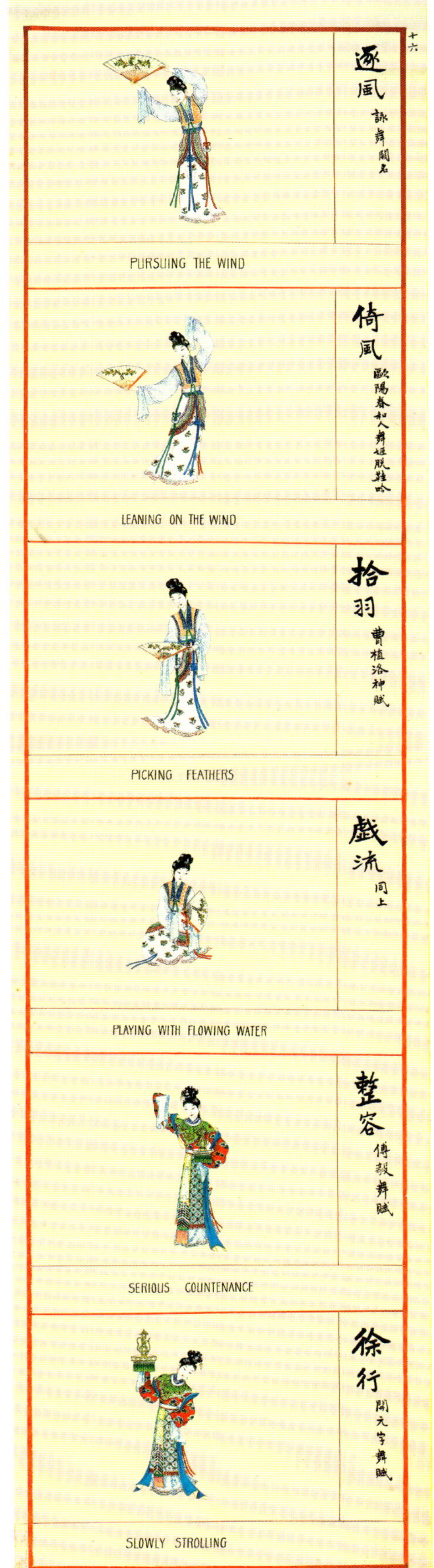
十六
逐風 詠舞闕名
PURSUING THE WIND
倚風 歐陽春和人舞妓肷鞋吟
LEANING ON THE WIND
拾羽 曹植洛神賦
PICKING FEATHERS
戲流 同上
PLAYING WITH FLOWING WATER
整容 傅毅舞賦
SERIOUS COUNTENANCE
徐行 闕文字舞賦
SLOWLY STROLLING

梅兰芳访美京剧图谱 · 舞谱之《千金一笑》

孤云

梅兰芳访美京剧图谱 · 舞谱之《千金一笑》

采芝

梅兰芳访美京剧图谱 · 舞谱之《千金一笑》

拂池

梅兰芳访美京剧图谱·舞谱之《千金一笑》

荡珮

梅兰芳访美京剧图谱 · 舞谱之《千金一笑》

转凤

梅兰芳访美京剧图谱 · 舞谱之《千金一笑》

逐风

梅兰芳访美京剧图谱 · 舞谱之《千金一笑》

倚风（左）　　拾羽（右）

梅兰芳访美京剧图谱 · 舞谱之《千金一笑》

梅兰芳访美京剧图谱·古装谱（一、四）

民国，高172cm，宽44cm

中国艺术研究院艺术与文献馆藏

梅兰芳新编古装新戏中有三出红楼戏，分别是《黛玉葬花》、《千金一笑》（又名《晴雯撕扇》）、《俊袭人》。梅兰芳访美京剧图谱中绘制了这三出戏的戏服。

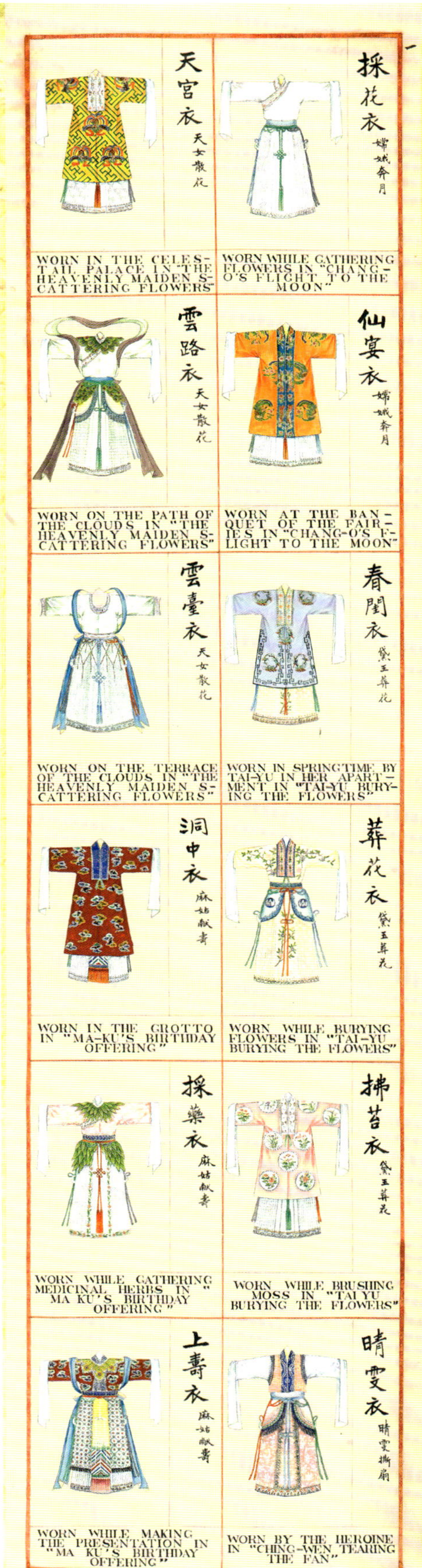
一
採花衣
嫦娥奔月
WORN WHILE GATHERING FLOWERS IN "CHANG-O'S FLIGHT TO THE MOON"
天宫衣
天女散花
WORN IN THE CELES-TAIL PALACE IN "THE HEAVENLY MAIDEN S-CATTERING FLOWERS"
仙宴衣
嫦娥奔月
WORN AT THE BAN-QUET OF THE FAIR-IES IN "CHANG-O'S F-LIGHT TO THE MOON"
雲路衣
天女散花
WORN ON THE PATH OF THE CLOUDS IN "THE HEAVENLY MAIDEN S-CATTERING FLOWERS"
春閨衣
黛玉葬花
WORN IN SPRINGTIME BY TAI-YU IN HER APART-MENT IN "TAI-YU BURY-ING THE FLOWERS"
雲臺衣
天女散花
WORN ON THE TERRACE OF THE CLOUDS IN "THE HEAVENLY MAIDEN S-CATTERING FLOWERS"
葬花衣
黛玉葬花
WORN WHILE BURYING FLOWERS IN "TAI-YU BURYING THE FLOWERS"
洞中衣
麻姑獻壽
WORN IN THE GROTTO IN "MA-KU'S BIRTHDAY OFFERING"
拂苔衣
黛玉葬花
WORN WHILE BRUSHING MOSS IN "TAI YU BURYING THE FLOWERS"
採藥衣
麻姑獻壽
WORN WHILE GATHERING MEDICINAL HERBS IN "MA KU'S BIRTHDAY OFFERING"
晴雯衣
晴雯撕扇
WORN BY THE HEROINE IN "CHING-WEN TEARING THE FAN"
上壽衣
麻姑獻壽
WORN WHILE MAKING THE PRESENTATION IN "MA KU'S BIRTHDAY OFFERING"

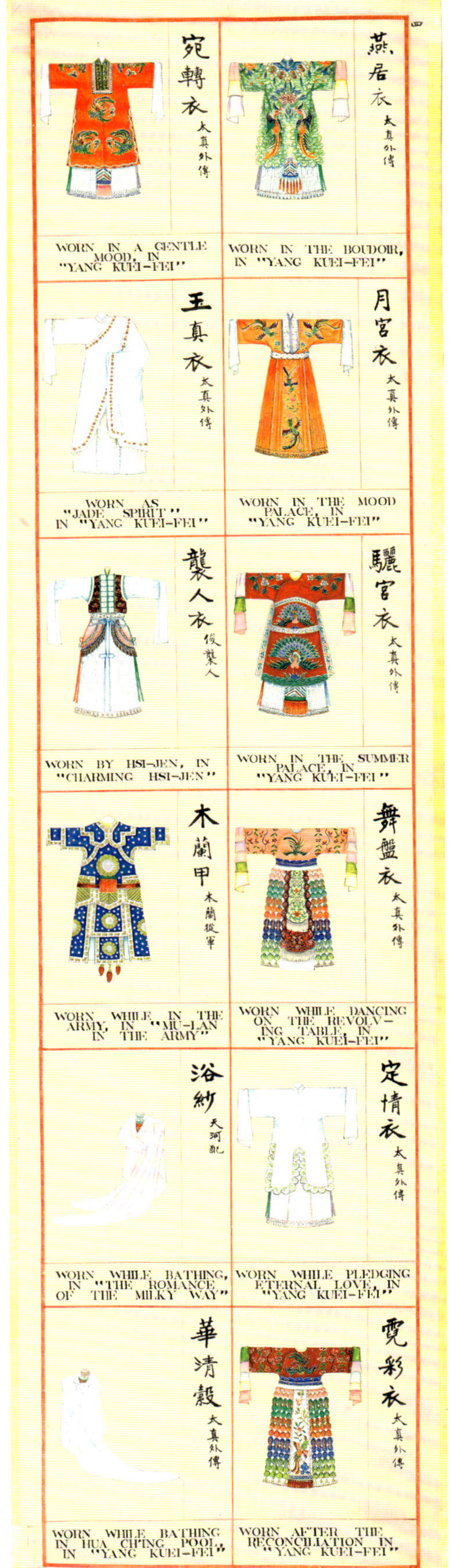
四
燕居衣
太真外傳
WORN IN THE BOUDOIR, IN "YANG KUEI-FEI"
宛轉衣
太真外傳
WORN IN A GENTLE MOOD, IN "YANG KUEI-FEI"
月宮衣
太真外傳
WORN IN THE MOOD PALACE, IN "YANG KUEI-FEI"
玉真衣
太真外傳
WORN AS "JADE SPIRIT" IN "YANG KUEI-FEI"
驪宮衣
太真外傳
WORN IN THE SUMMER PALACE, IN "YANG KUEI-FEI"
襲人衣
俊襲人
WORN BY HSI-JEN, IN "CHARMING HSI-JEN"
舞盤衣
太真外傳
WORN WHILE DANCING ON THE REVOLV-ING TABLE, IN "YANG KUEI-FEI"
木蘭甲
木蘭從軍
WORN WHILE IN THE ARMY, IN "MU-LAN IN THE ARMY"
定情衣
太真外傳
WORN WHILE PLEDGING ETERNAL LOVE, IN "YANG KUEI-FEI"
浴紗
天河配
WORN WHILE BATHING, IN "THE ROMANCE OF THE MILKY WAY"
霓彩衣
太真外傳
WORN AFTER THE RECONCILIATION IN "YANG KUEI-FEI"
華清縠
太真外傳
WORN WHILE BATHING IN HUA CH'ING POOL, IN "YANG KUEI-FEI"

梅兰芳访美京剧图谱 · 古装谱之《黛玉葬花》

春闺衣

梅兰芳访美京剧图谱 · 古装谱之《黛玉葬花》

葬花衣（左）　拂苔衣（右）

梅兰芳访美京剧图谱·古装谱之《千金一笑》(又名《晴雯撕扇》)

晴雯衣

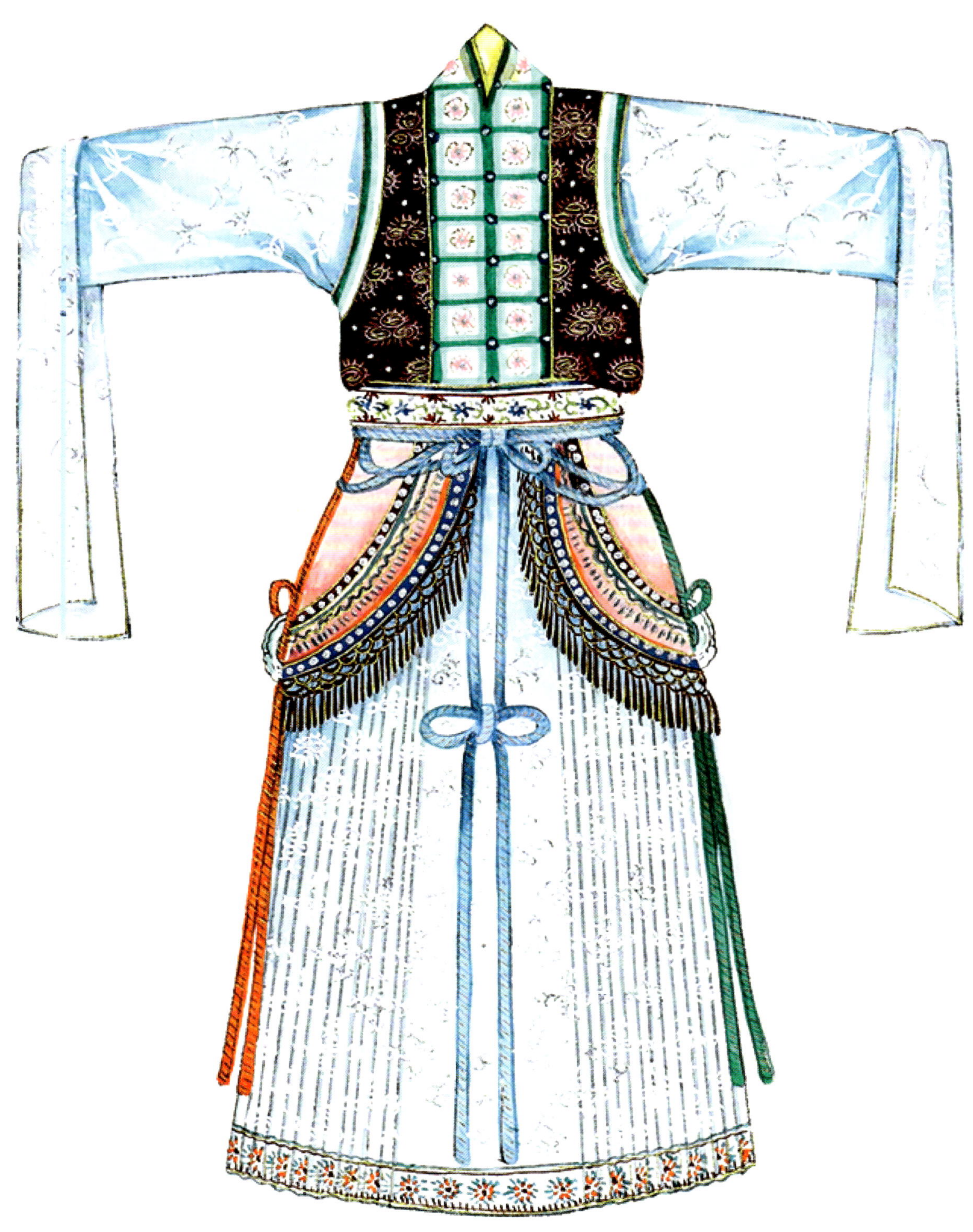

梅兰芳访美京剧图谱 · 古装谱之《俊袭人》

袭人衣

《黛玉葬花》剧装照

民国

中国艺术研究院艺术与文献馆藏

梅兰芳演出《黛玉葬花》的剧装照。

《黛玉葬花》剧装照

《千金一笑》剧装照

民国

中国艺术研究院艺术与文献馆藏

梅兰芳演出《千金一笑》的剧装照。

《千金一笑》剧装照

《俊袭人》剧照

1930 年

中国艺术研究院艺术与文献馆藏

梅兰芳赴美演出《俊袭人》的剧照。

杭州第一舞台十一月初五戏单

1916年，高27.5cm，宽46.5cm

中国艺术研究院艺术与文献馆藏

梅兰芳在杭州演出《黛玉葬花》的戏单。

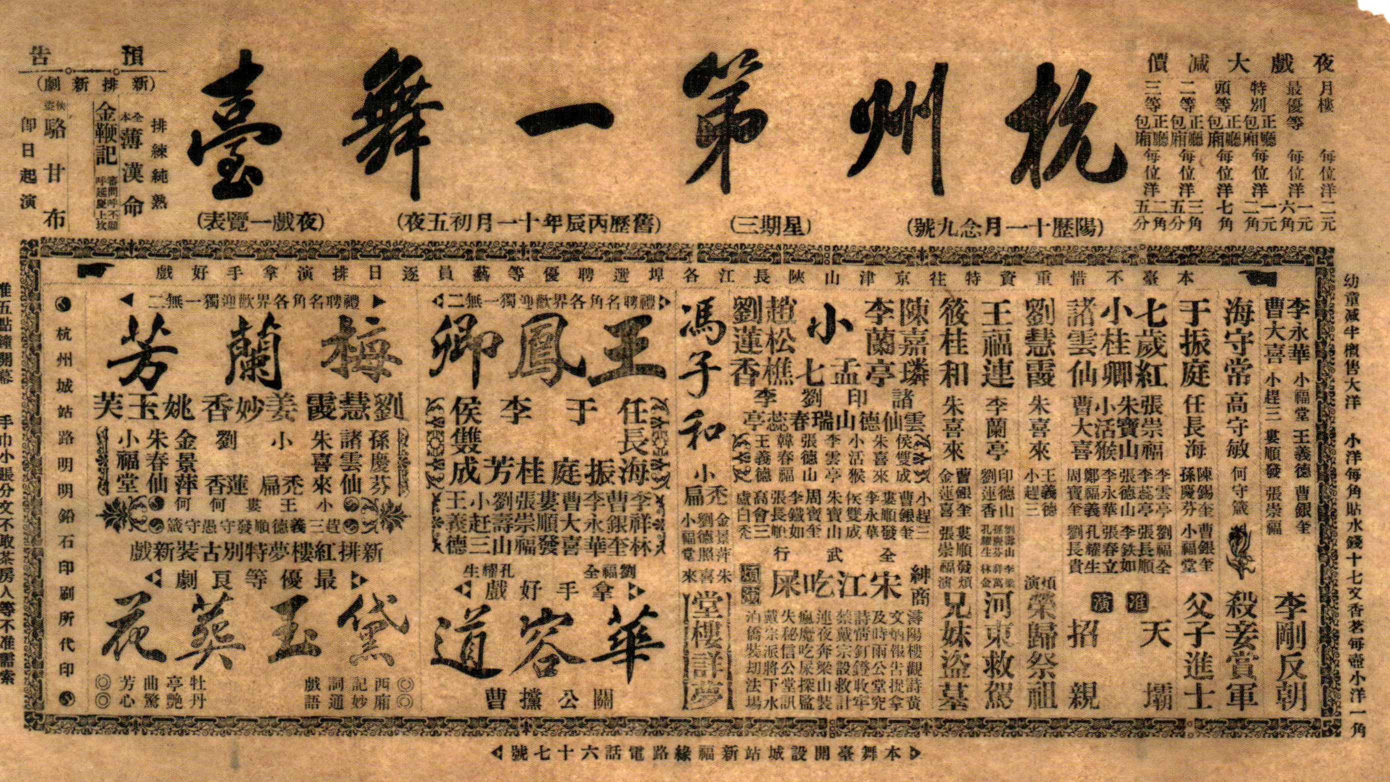

杭州第一舞臺

(陽歷十一月念九號)(星期三)(舊歷丙辰年十一月初五夜)(夜戲一覽表)

夜戲大減價

月樓每位洋二元
最優等每位洋一元六角
特別正廳包廂每位洋一元二角
頭等正廳包廂每位洋七角
二等正廳包廂每位洋三角五分
三等正廳包廂每位洋二角五分

預告（新排新劇）
排練純熟
全本薄漢命（審問呼不願 呼延慶上坟）
金鞭記
快雲駱甘布
即日起演

本臺不惜重資特往京津山陝長江各埠選聘優等藝員逐日排演拿手好戲

李永華 曹大喜 小福堂 小趕三 王義德 婁順發 曹銀奎 張崇福
李剛反朝

海守常 高守敏 何守箴
殺妻賞軍

于振庭 任長海 陳錫奎 孫慶芬 曹銀奎 小福堂
父子進士

七歲紅 小桂卿 諸雲仙 張崇福 朱寶山 小活猴 曹大喜 李雲亭 李蕊亭 張德山 李永華 鄭福義 周寶奎 劉福奎 張長順 李鐵如 張春立 孔耀生 劉長貴
（准演）天壩
招親

劉慧霞 朱喜來 王義德 小趕三
頃演 棠歸祭祖

王福連 李蘭亭 印德山 劉蓮香 劉壽山 孫慶芬 孔耀生 李萬林 崔祥金
河東救駕

筱桂和 朱喜來 曹銀奎 金蓮喜 婁順發 張崇福 頃演
兄妹盜墓

陳嘉璘 李蘭亭 小孟七 趙松樵 劉蓮香
諸雲仙 印德山 劉瑞春 李蕊亭
侯雙成 朱喜來 小活猴 李雲亭 張德山 韓春福 王義德
小趕三 曹銀奎 婁順發 李永華 侯雙成 朱寶山 周寶奎 李鐵如 張長順 高會三 盧白禿
紳商 全武行
宋江吃屎（頭還）
潯陽樓觀詩 文炳報告 及時雨公堂 捉拿詩黃 詩情釘鐙 收牢 禁藏宗設救計 連夜奔梁山 裝瘋魔吃屎 探監 失秘信公堂 下訊 戴宗派將 劫法場 泊僑裝

馮子和 小禿扁 金景萍 劉德照 小福堂 朱喜來
樓詳夢（堂）

禮聘名角各界歡迎獨一無二
王鳳卿
任長海 于振庭 李桂芳 侯雙成
李祥林 曹銀奎 李永華 曹大喜 婁順發 張崇福 劉壽山 小趕三 王義德
劉福奎 孔耀生
拿手好戲
華容道
關公擋曹

禮聘名角各界歡迎獨一無二
梅蘭芳
劉慧霞 姜妙香 姚玉芙
孫慶芬 諸雲仙 朱喜來 小禿扁 劉蓮香 金景萍 朱春仙 小福堂
小趕三 王義德 婁順發 何守愚 何守箴
新排紅樓夢特別古裝新戲
最優等頁劇
黛玉葬花
西廂記 妙詞通戲語
牡丹亭 艷曲驚芳心

杭州城站路明明鉛石印刷所代印

幼童減半概售大洋　小洋每角貼水錢十七文香茗每壺小洋一角

准五點鐘開幕　手巾小賬分文不取茶房人等不准需索

本舞臺開設城站新福緣路電話六十七號

太平戏院九月十三日戏单

1922 年，高 32 cm，宽 56 cm

中国艺术研究院艺术与文献馆藏

梅兰芳在香港演出《黛玉葬花》的戏单。

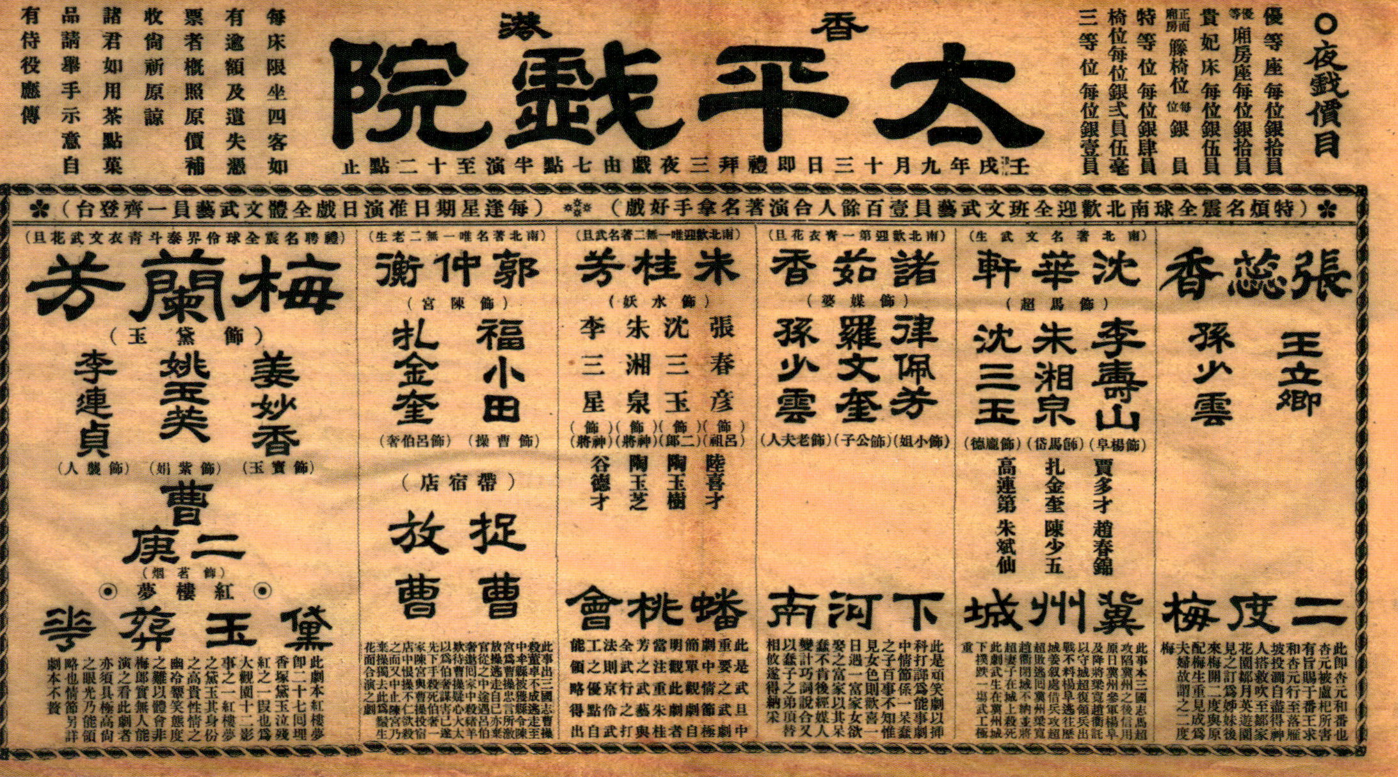

香港太平戲院

壬戌年九月十三日即禮拜三夜戲由七點半演至十二點止

○夜戲價目

優等座每位銀拾員
優等廂房座每位銀拾員
貴妃床每位銀伍員
正面廂房籐椅位每位銀　員
特等位每位銀肆員
椅位每位銀弍員伍毫
三等位每位銀壹員

每床限坐四客如有逾額及遺失憑票者概照原價補收倘新原諒
諸君如用茶點菓品請舉手示意自有侍役應傳

（特煩名震全球南北歡迎全班文武藝員壹百餘人合演著名拿手好戲）
（每逢星期日准演日戲全體文武藝員一齊登台）

二度梅

張蕊香
王立卿
孫少雲

此即杏元和番也杏元被盧杞所害有旨賜于番王求和杏元行至落雁坡投澗自盡得神人搭救吹至鄒家花園鄒月英遊園見之訂爲姊妹後來梅開二度與原配梅生重見成爲大婦故謂之二度梅

冀州城

（南北著名文武生）沈華軒（飾馬超）
李壽山（飾楊阜）
朱湘泉（飾馬岱）
沈三玉（飾龐德）
賈多才　趙春錦　扎金奎　陳少五　高連第　朱斌仙

此事本三國志馬超攻陷冀州之後信用原日冀州參軍楊阜及降將梁寬趙衢託以守城超復領兵出戰不料楊阜逃往歷城姜敘處借兵攻超超敗逃回冀州梁寬趙衢閉城不納並將超妻子在城上殺死此劇武生在冀州城下摸跌一塲武工極重

下河南

（南北歡迎第一青衣花旦）諸茹香（飾媒婆）
律佩芳（飾小姐）
羅文奎（飾公子）
孫少雲（飾老夫人）

此是頑笑劇以揷科打諢爲能事劇中情節係一呆蠢之子百事不知惟見女色則歡喜一日過一富家女欲娶之富家以其呆蠢不肯後經媒人變計巧詞說合又以蠢子之弟頂替相攸遂得納采

蟠桃會

（南北歡迎唯一無二著名武旦）朱桂芳（飾水妖）
張春彥（飾呂祖）
沈三玉（飾二郎）
朱湘泉（飾神將）
李三星（飾神將）
陸喜才　陶玉樹　陶玉芝　谷德才

此是武旦中重要之武劇劇中情節極簡單觀劇自明觀此劇者當注重朱桂芳之武藝與全武行之打法則京伶武工之優點自能領略得出

捉放曹（帶宿店）

（南北著名唯一無二老生）郭仲衡（飾陳宮）
福小田（飾曹操）
扎金奎（飾呂伯奢）

此事出三國志曹操殺董卓不成逃走至中牟縣被獲縣令陳宮爲曹操忠言所激[illegible]

紅樓夢　黛玉葬花

（禮聘名震全球伶界泰斗青衣文武花旦）梅蘭芳（飾黛玉）
姜妙香（飾寶玉）
姚玉芙（飾紫娟）
李連貞（飾襲人）
曹二庚（飾茗煙）

此劇本紅樓夢即二十七回埋香塚黛玉泣殘紅之一段也爲大觀園十二影事之一紅樓夢之黛玉其身份之高貴性情之幽冷舉笑態度之難以體會非梅郎實無人能演之看此劇者亦須具極高尚之眼光乃能領略也情節另詳劇本不贅

天蟾舞台九月二十三日戏单

1916 年，高 26 cm，宽 46 cm

中国艺术研究院艺术与文献馆藏

梅兰芳在上海演出《千金一笑》的戏单。

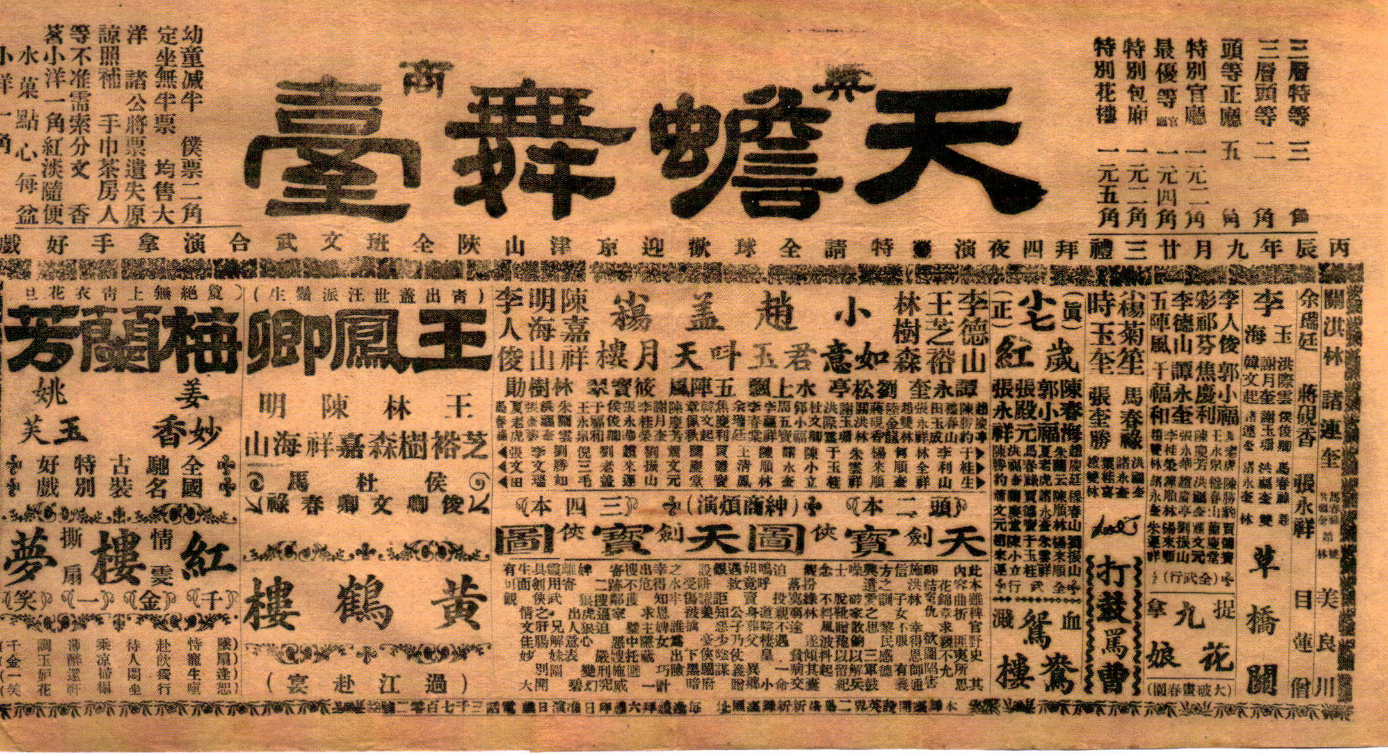
天蟾舞臺
丙辰年九月廿三禮拜四夜演 特請全球歡迎京津山陝全班文武合演拿手好戲
三層特等三角
三層頭等二角
頭等正廳五角
特別官廳一元二角
最優等一元四角
特別包廂一元二角
特別花樓一元五角
幼童減半 僕票二角
定坐無半票 均售大洋
諸公將票遺失原諒照補
手巾茶房人等不准需索分文
香茗小洋一角紅淡隨便
水菓點心每盆小洋一角
（貨絕無雙上青衣花旦）梅蘭芳
（青出盖世汪派鬚生）王鳳卿
姜妙香 姚玉芙
全國馳名 古裝特別好戲
紅樓夢 情雯撕扇（千金一笑）
王芝褚 林樹森 陳嘉祥 明海山
黃鶴樓（過江赴宴）
（紳商煩演）頭二本 三四本
天劍寶俠圖
鴛鴦樓
打鼓罵曹
捉拿花九娘（大破畫春園）
草橋關
目蓮僧
美良川

太平戏院九月初七戏单

1922年，高32cm，宽56cm

中国艺术研究院艺术与文献馆藏

梅兰芳在香港演出《千金一笑》的戏单。

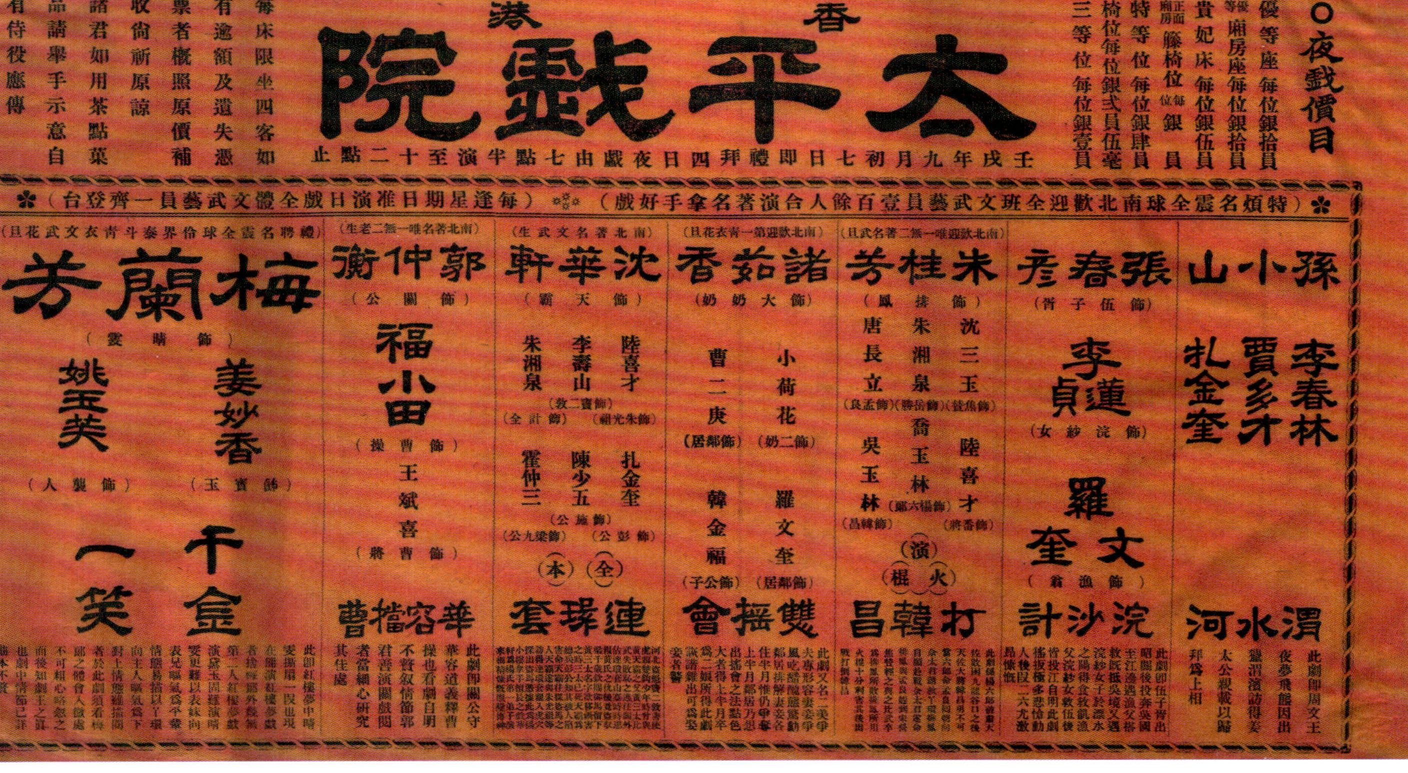

香港
太平戲院
壬戌年九月初七日即禮拜四日夜戲由七點半演至十二點止
○夜戲價目
優等座每位銀拾員
優等廂房座每位銀拾員
貴妃床每位銀伍員
正面廂房籐椅位每位銀　員
特等位每位銀肆員
椅位每位銀弍員伍毫
三等位每位銀壹員
每床限坐四客如有逾額及遺失憑票者概照原價補收倘祈原諒
諸君如用茶點菓品請舉手示意自有侍役應傳
特煩名震全球南北歡迎全班文武藝員壹百餘人合演著名拿手好戲
（每逢星期日准演日戲全體文武藝員一齊登台）
孫小山
李春林
賈多才
扎金奎
渭水河
張春彥
李蓮貞
羅文奎
浣沙計
朱桂芳
打韓昌
諸茹香
雙搖會
沈華軒
連環套
郭仲衡
福小田
華容擋曹
梅蘭芳
姜妙香
姚玉芙
千金一笑

中和戏院十二月初二戏单

1927年，高23.5cm，宽32cm

中国艺术研究院艺术与文献馆藏

梅兰芳在北京演出《俊袭人》的戏单。

竹蘭軒專賣各省名竹粗細烟袋桿各樣竹子手杖開設琉璃廠新華街口

樓下散座
每壺弍毛
包廂叁毛

中和戲院

如不用茶
聽客自便
戲單奉送

前門外（夜）◉承華社◉（戲）糧食店

陽歷十二月廿五號（星期日）丁卯年十二月初二日

諸如香 慈瑞泉 曹二庚 劉鳳林 雙搖會

蕭長華 請大夫

侯喜瑞 尚和玉 朱桂芳 婁廷玉 朱湘泉 朱小義 沈三玉 殷家堡

王鳳卿 時玉奎 扎金奎 捉放曹

梅蘭芳 姜妙香 姚玉芙 魏蓮芳 新排古裝佳劇初次演唱 俊襲人

北京前門外西河沿中間路南擷華書局代印

（梅蘭芳）新排佳劇紅樓夢 俊襲人

梅君所排之紅樓夢名劇久已蜚聲中外如葬花之黛玉撕扇之晴雯皆能如初寫黃庭恰到好處現在又行排演俊襲人一劇係取紅樓夢二十一回俊襲人嬌嗔箴寶玉一段情節梅君自飾襲人以姜妙香飾寶玉姚玉芙飾麝月魏蓮芳飾四兒配搭整齊情詞雋妙其尤奇者此劇係一種有布景之獨幕戲自始終只有一場而費時至六刻之久可為戲劇之新紀元亦為梅劇中之別開生面者其間穿插詼諧以及行腔做派則極為細膩風光凡欲領略美人之俊姿與嗔態者不可不一觀梅君此劇也現已排演純熟今晚准演 惠顧諸君務希早定佳座為幸

男女合座風雪勿阻電話南局四零三三

附告 注意 請看天女散花

天女散花為梅蘭芳君獨創之新劇十年來名震中外風靡全國做唱者不知多少皆未能得其神似其絨舞姿態之神妙雲路行腔之幽渺散花詞曲之高雅絕非他人所及唯梅君以此劇歌舞過於繁難是以年來除義務戲外輕易不肯演唱本院日來迭接各界要求商演散花函件二十餘通特行商請梅君演唱此劇已蒙首肯現正趕製各式砌末比往年又加改良配以五色電光不日開演特此露布

开明戏院十二月二十五日戏单

1928年，高21cm，宽27.5cm

中国艺术研究院艺术与文献馆藏

梅兰芳在北京演出《俊袭人》的戏单。

北京前門外 **開明戲院** 西珠市口

公事房電話南局五一七九▲售票處電話南局五一七八▲食堂電話南局三一八三

陰曆十二月廿五日(承華社)星期二夜戲准演

票價

樓下前排二元 後排一元二角 樓上一元五頭
級四座包廂十二元 二級五座包廂十二元五角

先期售票
對號入座

王鳳卿

文昭關

侯喜瑞
張春彥

開山府

梅蘭芳

姚 姜 魏

玉芙妙香蓮芳

新排古裝大劇

俊襲人

尚和玉

頭本 竊兵符

諸茹香
蕭長華

打鐵刀

票價

樓下前排二元 後排一元二角 樓上一元五頭
級四座包廂十二元 二級五座包廂十二元五角

先期售票
對號入座

興華門內後細瓦廠八號和濟印刷局代印電話南局三一五四

《红楼梦人名西厢记词句印玩》

民国，高20.3cm，宽12.4cm（一函六册）

中国艺术研究院艺术与文献馆藏

赵仲穆初钤，叶为铭补钤。

紅樓夢人名西廂記詞句印玩

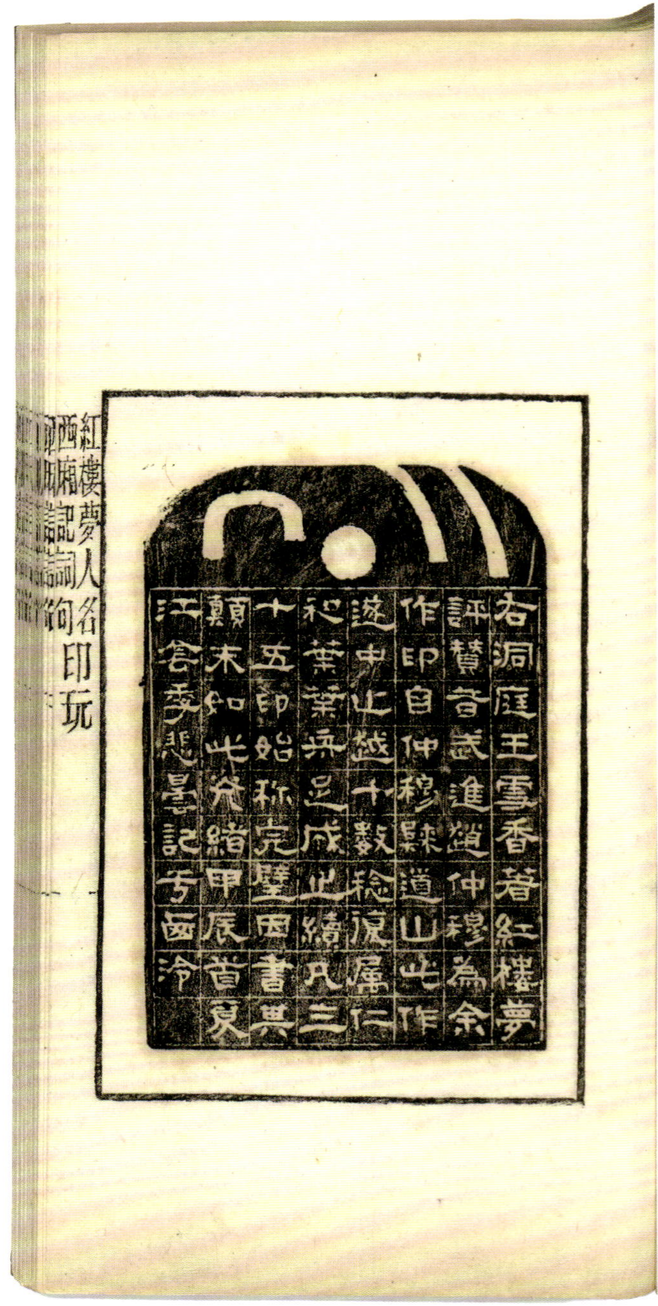

紅樓夢人名西廂記詞句印玩

右洞庭王雪香著紅樓夢
評贊吾武進錢仲穆為余
作印自仲穆隸道山此作
遂中止越十數稔復屬仁
和葉叢森足成此續凡三
十五印始稱完璧因書其
顛末如此光緒甲辰首夏
江寧季悲昙記于西泠

《红楼梦人名西厢记词句印玩》内页之一

《红楼梦人名西厢记词句印玩》内页之二

石头像

美人像

宝钗（朱文）

香菱（朱文）

《红楼梦人名西厢记词句印玩》内页之三

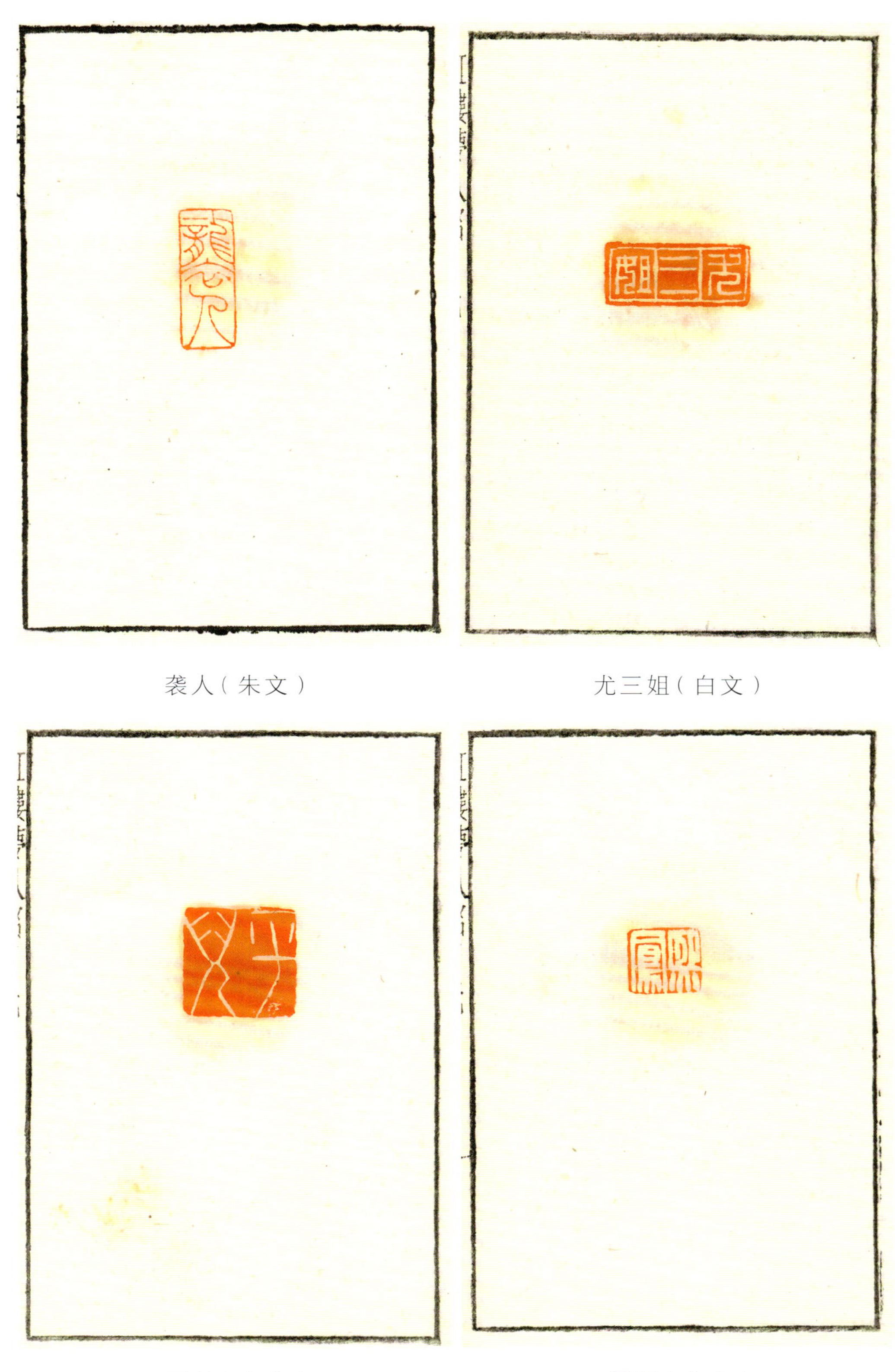

袭人（朱文）

尤三姐（白文）

平儿（白文）

熙凤（白文）

《红楼梦人名西厢记词句印玩》内页之四

松柏双寿图

清代，画芯：高138cm，宽69cm
（清）程伟元绘 ［马来西亚］丹斯里陈广才藏

款识：

古吴程伟元绘祝。

钤印：

张寿平、安缦室珍藏印、小泉书画、伟元、小泉、嫩江意耷氏藏书画印。

注：

丹斯里陈广才（Tan Sri Chan Kong Choy），现为马来亚大学中文系特聘教授、马来亚大学中文系毕业生协会荣誉会长、马来亚大学红楼梦资料中心及马来亚大学红楼梦研究中心创办人。

黛玉葬花

1988年，高88cm，宽66cm

［马来西亚］彭士骥绘 ［马来西亚］梁炤祥藏

释文：

多病工愁数典型，潇湘馆内影娉亭。

扶锄泣把残英葬，风竹泠泠月上庭。

款识：

戊寅年冬十月，写黛玉葬花图并题句。彭士骥于山城掬翠园。

钤印：

夜清如水、人媚如灯，彭氏，士骥，月明星灿之夜。

注：

梁炤祥，已故著名书画家彭士骥（1922—2004）先生的幼子，收藏家。

多病工愁数典型潇湘館内影娉亭扶鋤泣把殘英葬風竹泠泠月上庭
戊寅年冬十月写黛玉葬花图並题句
彭士驊於山城擁翠閣

附录

中国艺术研究院

中国艺术研究院

简介

中国艺术研究院是中国唯一一所集艺术研究、艺术教育、艺术创作、非物质文化遗产保护和文化艺术智库于一体的国家级综合性学术机构。

中国艺术研究院在新中国初期建立的中国戏曲研究院、民族音乐研究所、民族美术研究所三家学术机构基础上发展而来，其建立和发展得到了党和国家领导人的关怀和支持。1951 年，毛泽东同志为其前身中国戏曲研究院成立亲笔题写院名，并题词“百花齐放，推陈出新”。1980 年 10 月，中国艺术研究院经国务院批准定名。2006 年 9 月，经中央机构编制委员会办公室批准，中国艺术研究院加挂“中国非物质文化遗产保护中心”牌子。

在历任院领导中，原文化部党组书记、代部长贺敬之，原文化部党组书记、部长王蒙曾兼任中国艺术研究院院长；苏一平、张庚、王朝闻、郭汉城、马彦祥、胡风、杨荫浏、葛一虹、周汝昌、冯其庸、冯牧、陆梅林、李希凡、曲润海、王文章、连辑、韩子勇等学者或艺术家曾担任院领导或顾问。现任院长为周庆富。

目前，中国艺术研究院拥有戏曲研究所、音乐研究所、美术研究所、舞蹈研究所、话剧研究所、电影电视研究所、红楼梦研究所、马克思主义文艺理论研究所、曲艺研究所、摄影与数字艺术研究所、建筑与公共艺术研究所、中国文化研究所、艺术学研究所、工艺美术研究所等研究机构；拥有《文艺研究》《美术观察》《中国文化》《中国摄影家》《炎黄春秋》《中华英才》《中国音乐学》《红楼梦学刊》《文艺理论与批评》《艺术学研究》《传记文学》《艺术评论》《中国非物质文化遗产》《戏曲研究》《中国艺术年鉴》等学术刊物和文化艺术出版社有限公司；拥有国画院、书法院、油画院、篆刻院、雕塑院、工笔画院、文学艺术院等艺术创作学术机构；拥有艺术学科建制最为齐全的艺术类研究生教育机构。

70 余年来，中国艺术研究院汇集了一大批在各学科领域卓有建树的专家学者，如张庚、王朝闻、蔡若虹、杨荫浏、缪天瑞、葛一虹、郭汉城、周汝昌、冯其庸、李希凡等，他们在国内外学术界具有重要影响。2010 年，郭汉城、周汝昌、冯其庸、李希凡、资华筠、范曾、刘梦溪 7 人成为中国艺术研究院首批聘任的终身研究员。

进入新的历史时期以来，中国艺术研究院走上了全面建设与发展的新阶段，具备了与国家级艺术科学最高研究机构相适应的人才储备、基本建制、学科设置以及相应的规模，并逐渐形成了艺术研究、艺术教育、艺术创作、非物质文化遗产保护和文化艺术智库“五位一体”的发展格局，确立了“全国一流、世界知名”的发展目标。

中国艺术研究院在中国艺术科学研究领域取得了令人瞩目的成就，先后承担国家级、部级科研项目 400 余项，2010 年以来获院支持科研项目 420 余项，组织专家学者编撰了一大批史论著作，为中国艺术学科史论建设做出了突出贡献。《中国戏曲通史》《中国戏曲通论》《中华艺术通史》《中国古代音乐史稿》《中国美术史》《中国舞蹈史》《中国话剧史》《中国建筑艺术史》《中国先进文化论》《非物质文化遗产概论》《中国少数民族剧种发展史》《中国当代电影发展史》《中国文化发展战略研究与和谐文化建设》《中国评剧发展史》《中国音乐文物大系》《延安文艺史》《共和国书法大系》《昆曲艺术大典》《中国艺术学大系》《西部人文资源研究丛书》等，成为各艺术学科的奠基性著作。此外，“提升国家文化软实力的战略与策略”“中国传统建筑营造技艺多媒体资源库”“中国电影海外市场竞争策略可行性研究”“京剧艺术大典”“中国戏曲剧种艺术体系现状与发展研究”“中国艺术发展年度研究报告”“中国艺术研究院学术文库”“中国电影大典”“中国电视大典”“昆曲口述史”“海外中国艺术史研究”“中国传统色彩学术体系建设”“国家文化公园建设研究”“文化和旅游融合发展研究”“马克思主义文艺理论中国化历程研究”等一批科研重大课题的实施和推进，对中国艺术学“三大体系”的建设和发展具有重要的意义。

中国艺术研究院是国务院首批公布的博士、硕士学位授予单位，现拥有艺术学理论、音乐与舞蹈学、戏剧与影视学、美术学、设计学等艺术学门类一级学科，以及文学门类下的中国语言文学一级学科。2003 年，中华人民共和国人事部批准在中国艺术研究院设立艺术学博士后科研流动站，同时中国艺术研究院也是国务院学位办批准的在职人员以同等学历申请硕士学位的单位。中国艺术研究院 2005 年被教育部授予港澳台招生权，2007 年被国务院学位委员会批准为艺术专业硕士招生单位，2008 年被教育部、文化部批准为艺术学博士、硕士学位海外留学生招生单位，从而成为艺术学科建制最为齐全的艺术类研究生教育机构，现有在读博士、硕士研究生近千人。

在艺术研究领域不断深入拓展的同时，中国艺术研究院十分注重加强创作队伍的建设和相关机构的设置，成立了多个艺术创作学术机构，汇集了一批全国艺术创作领域的一流人才，其中很多文学家、艺术家在世界舞台享有盛誉。莫言获得诺贝尔文学奖，范曾获得法兰西骑士勋章奖，袁熙坤获得匈牙利文化部授予的“最高文化奖”，吴为山在联合国总部举办“文心铸魂——吴为山雕塑艺术国际巡展 · 联合国特展”，骆芃芃在伦敦奥运会期间举办了“‘中国印’的世界——骆芃芃篆刻书法艺术展”。

近年来，中国艺术研究院策划举办了多场主题展览，包括“同在蓝天下——为农民工塑像中国画主题创作展”“中国当代工艺美术双年展”“中国当代青年雕塑展”“中国国际摄影双年展”“中国摄影家响沙湾国际摄影周”“中国当代艺术展”“中国精神——油画风景学术邀请展”“当代中国与俄罗斯写实油画展”“中国写实画派 2012 年展”“2012 景德镇国际陶瓷艺术展”“中国好手艺展”“中国艺术研究院中青年艺术家系列展”“合作 · 共赢 / 一带一路国际版画交流项目汇报展”“一路守望　对话未来——纪念中俄建交 70 周年油画作品展”“黄宾虹学术提名展”“转音 · 青年当代工笔研究展”“‘勇攀艺术高峰’中国艺术研究院文学艺术创作研究院汇报展”“寄情于民——庆祝中华人民共和国成立 70 周年全国中国画名家无锡写生创作邀请展”“深入生活、扎根人民 2015—2019 主题实践活动汇报展”“入古出新——中国艺术研究院中国篆刻艺术院提名全国中青年篆刻家作品展”等，在当代艺术创作领域发挥了重要的导向性、代表性、示范性作用，取得了良好的社会反响。

中国艺术研究院艺术与文献馆藏品丰富，品类繁多，尤以收藏艺术类书刊、特种文献、艺术实物、音像档案著称。馆藏古籍中不乏孤本、珍本。2008 年，中国艺术研究院艺术与文献馆被国家古籍保护中心授予“全国古籍重点保护单位”称号。馆藏大量珍贵书画作品、金石拓片、名家手稿等。非书资料是馆藏特色，包括音像档案、艺术实物、艺术图片等。艺术实物有清代昇平署戏衣等戏曲类实物和以传世古琴、少数民族乐器为主的音乐类实物等。在所藏大量珍贵音像档案中，“中国传统音乐录音档案”于 1997 年入选联合国教科文组织首批“世界的记忆”，并被列入《世界记忆名录》。2003 年，《民间音乐家阿炳六首乐曲原始录音》《冼星海〈黄河大合唱〉手稿》入选第二批《中国档案文献遗产名录》。

面向国际的文化交流是中国艺术研究院的一项重要工作，特别是近十年来，对外文化交流更加频繁。通过举办研讨、展览、演出、考察及互访，中国艺术研究院已先后同 40 多个国家建立学术联系、开展交流，遍及全球五大洲，同时形成了中国艺术研究院的品牌论坛和文化对话，如“亚洲文化艺术界高层学术论坛”“中欧文化对话”等文化交流活动，以及近年来创办的“一带一路”国际学术大会等，以高质量的学术交流成果，塑造成为在海内外具有广泛影响力的文化活动品牌。

中国艺术研究院艺术与文献馆

简介

中国艺术研究院艺术与文献馆原为中国艺术研究院图书馆，系 2002 年 12 月中国艺术研究院从恭王府迁入现址时，由院资料馆与院内戏曲、音乐、美术等研究所资料室合并组建而成。

中国艺术研究院艺术与文献馆现有馆藏品 120 余万种（件），尤以艺术文献、艺术实物、音像档案丰富而著称，多为名家旧藏或递藏、民间收集或采集，其中包含大量第一手学术资料。

馆藏艺术文献丰厚，古籍多为音乐、戏曲、美术等艺术类善本，其中不乏传世孤本或稀见的珍贵版本。2008 年，艺术与文献馆被国家古籍保护中心授予“全国古籍重点保护单位”称号。2008 年至 2016 年，明嘉靖十八年（1539）徽藩刻本《风宣玄品》（十卷）、明正统年间彩绘抄本《太古遗音》（五卷）、明嘉靖十八年（1539）曹逵刻本《律吕解注》（二卷）、明嘉靖三十年（1551）徽藩刻本《词林摘艳》（十卷）、三国吴天玺元年（276）刻石元拓本《天发神谶碑》等 15 种古籍入选《国家珍贵古籍名录》。馆藏大量文学艺术名家手稿，内容涉及书稿、剧本、乐谱、研究报告、日记、工作记录、信札等。2003 年，《冼星海〈黄河大合唱〉手稿》入选第二批《中国档案文献遗产名录》。此外，馆藏艺术文献中的大批民间采访资料也是极为宝贵的艺术史料。

馆藏乐器以中国传统乐器为主，兼及外国乐器。其中，自晚唐至近代 92 床古琴在全国首屈一指。晚唐“枯木龙吟”琴是传世唐琴之珍品，南宋“鸣凤”琴为存世宋代官琴之代表。明代小箜篌、火不思、忽雷、泥金鼓，清代杠房大鼓、阮、马头琴、铜琵琶等均为罕见甚至仅见的传世乐器。

馆藏戏曲实物种类较多，涉及脸谱、衣箱、盔头、面具、刀枪把子、舞台模型等。其中，清宫所藏南府和昇平署时期手绘脸谱、清昇平署戏衣、清光绪年间内务府发给王凤卿进宫承应的木质腰牌、梅兰芳等戏曲名家使用过的戏衣、泥人张第二代传人张兆荣所制戏曲泥塑《击鼓骂曹》、京剧琴师梅雨田使用过的京胡等均为存世戏曲实物珍品。

馆藏美术藏品类型多样，国画、油画、版画、雕塑均有涉及，亦含唐卡、水陆画、年画等大量民间美术作品。书画作品涉及花鸟画、人物画、山水画、书法、扇面等，有郑板桥、康有为、吴昌硕、吕纪、袁江、丰子恺、齐白石、张大千、黄宾虹等艺术家真迹，极为珍贵。

音像档案为又一重点馆藏，载体介质包括蜡筒、钢丝录音带、胶木唱片、开盘录音带、盒式录音带、

中国艺术研究院艺术与文献馆

DAT 数字录音带、各式模拟录像带和光盘等，其中近半数为早期模拟信号记录的载体，内容涉及音乐、戏曲、曲艺、电影、舞蹈等诸多艺术门类。灌制于 19 世纪末 20 世纪初的“老黄龙”唱片、谭鑫培“七张半”钻针唱片、余叔岩“十八张半”唱片等均属珍品。录制于钢丝录音带的梅兰芳演唱的《西施》为存世孤本。1997 年，“中国传统音乐录音档案”被联合国教科文组织（UNESCO）列入首批《世界记忆名录》，成为中国首个列入该名录的项目，也是世界首个列入该名录的音响档案项目。2003 年，《民间音乐家阿炳六首乐曲原始录音》入选第二批《中国档案文献遗产名录》。

馆藏历史图片数量众多，历史悠久，最早始自清代末年；其内容丰富，包括传统音乐（仪式）表演、传统戏曲表演、民间采风、名家剧照和剧装照、重要艺术活动等；所涉艺术门类众多，包含戏曲、音乐、曲艺、话剧、舞蹈等。

艺术与文献馆作为中国艺术研究院学术资料收藏和服务的专门机构，确立以学术资源采集收藏中心、数字资源建设中心、研究展示交流中心为发展目标，切实履行艺术类学术资料保管与保护、艺术类学术资料采集与收藏、艺术类学术资源服务、馆藏品研究与展示四项基本职能，全面提升艺术类学术资料的建、藏、管、用水平，更好地为中国艺术研究院“五位一体”建设目标服务。

《红楼梦学刊》书影

中国艺术研究院红楼梦研究所

简介

中国艺术研究院红楼梦研究所组建于1979年，其前身为文化部《红楼梦》校注小组。著名红学家冯其庸担任第一任所长，第二任所长为张庆善，第三任所长为卜键，第四任所长为孙玉明，现任所长为孙伟科。

该所主要研究古典名著《红楼梦》的作者家世、版本成书、思想艺术、人物评论、红学史论等，并旁及其他中国古典文学艺术。40余年来，该所为推动和发展新时期红学事业发挥了重要作用。

主要学术成果有《红楼梦》（新校注本）、《脂砚斋重评石头记汇校》、《红楼梦大辞典》、《曹雪芹家世新考》、《八家评批红楼梦》、《红楼梦艺术管探》、《红楼梦纵横谈》、《红楼梦版本论》、《红楼诗话》、《秦淮旧梦：曹雪芹遗事》、《红学风雨》、《俞平伯的后半生》、《大观园》、《酒香茶浓话红楼》、《红楼梦开卷录》、《红楼梦在国外》、《红楼放眼录》、《梦里梦外红楼缘》、《论红楼梦思想》、《红楼梦：历史与美学的沉思》、《红学：1954》、《日本红学史稿》、《〈红楼梦〉美学阐释》、《大观园研究》、《谁能炼石补苍天——清代〈红楼梦〉续书研究》、《红楼梦评点中的人物批评》、《烛明香暗画楼深——红楼梦人物研究》、《〈红楼梦〉及其戏剧研究》、《明清易代语境下江南文人的女性书写研究》、《〈红楼梦〉影视文化论稿》、《走进历史空间：李玉史剧女性形象研究》、《康熙博学鸿词科与清初诗坛》、《冯溥与康熙京师诗坛》、《兴会的羽翼——〈红楼梦〉研究中的本事与索隐》、《粤剧红楼戏丛谈》、《走过传统——网络古言小说与明清小说的不完全观察》、《红楼梦文本与评点研究》、《从“秦淮旧梦”到“燕市悲歌”：曹雪芹遗迹寻踪》、《红学与史学——〈红楼梦〉研究中的史家与史论》《红楼梦中的神话》、《蔡胡红学论争考辨》、《红楼梦引》等。其中，《红楼梦》（新校注本）是目前最为通行、发行量最大的《红楼梦》版本，《红楼梦大辞典》《脂砚斋重评石头记汇校》《曹雪芹家世新考》等曾获多种奖项。

红楼梦研究所曾参与组织全国和国际《红楼梦》学术研讨会10余次，先后到新加坡，以及中国台湾、中国香港等地举办大型《红楼梦》文化艺术展、《三国演义》文化艺术展，为促进海内外文化艺术交流做出了重要贡献。

马来亚大学图书馆

马来亚大学图书馆

简介

马来亚大学图书馆成立于 1959 年，是马来西亚历史最悠久、馆藏最丰富的大学图书馆之一，至今拥有超过 100 万册 / 件的实体与电子馆藏资源。马来亚大学图书馆由一所总馆、三所主要分馆、九所学科专业分馆、大学校史档案室、亚洲艺术博物馆（Museum of Asian Arts）和艺术廊（Art Gallery）组成。为了更好地顺应信息、知识及学术活动发展的趋势，马来亚大学图书馆于近年更名为“数字学术与信息共享空间”（Digital Scholarship & Information Commons，简称 DSIC）。图书馆的愿景是拓展知识，赋能大学社群，贡献世界；使命是成为一所由价值观引领、具有全球目标视野的大学图书馆。马来亚大学秉持这些理念，旨在为教学、科研、学习和社会服务提供全面、高效、前瞻性的信息资源与支持。

KELUAR
馬来亞大學中文系
JABATAN PENGAJIAN CINA
DEPARTMENT OF CHINESE STUDIES
OFFICE HOURS
LUNCH TIME
OPEN
春風化雨
龍騰文教鍾靈地
德啟書香毓秀人
馬来亞大學中文系

马来亚大学中文系

马来亚大学中文系

简介

马来亚大学 (Universiti Malaya) 是一所综合性大学，也是马来西亚规模最大、历史最悠久的高等学府。其前身为 1905 年成立的爱德华七世国王医学院（King Edward Ⅶ Medical College）和 1929 年成立的莱佛士学院（Raffles College）。爱德华七世国王医学院旨在培养医学人才，莱佛士学院则旨在培养教育方面的人才。1949 年 10 月 8 日，以上两所学院合并为马来亚大学，并于 1956 年在马来亚大学新加坡校区的基础上增设吉隆坡校区。

1965 年后，两个校区的行政脱钩，马来亚大学新加坡校区更名为新加坡大学，马来亚大学吉隆坡校区更名为马来亚大学。1961 年，马来亚大学计划设立中文系。1962 年，中文系成立。1963 年，中文系正式招收第一届学生。

中文系的创办原则及宗旨为保存、传授及发扬中华文化，翻译中国传统经典以帮助海外华人了解中华文化，提升马来西亚汉学研究学术水平，贡献社会。中文系的课程除了研究中国典籍外，也注重东南亚当前社会的需求，并以塑造马来西亚国形象窗口为目标，因此课程分为两大类：一类是为有中文基础的学生提供以中国语言及文学为主的课程（A 组）；另一类是为没有中文基础的学生提供普通的中文课程（B 组）。

A 组课程采用双语授课方式，使用中文和马来西亚语。现当代文学、古代文学、各朝代文选、文字学等 24 门课程均采用中文教学及考试。学生也可以选择部分以马来西亚语教学的课程，如华人宗教、中国历史、中国文学思潮、时事评论、华人企业文化等。B 组课程则提供了四个阶段的中文课程，同时开设了一些社会与文化课程，如华人社会研究、中国历史、东南亚华人研究、翻译等。

随着时代的变迁，中文系的课程与时俱进，不断改善，以符合时代的要求。如今，除了学士课程以外，中文系还开设了硕士课程和博士课程。花开花落几十载，马来亚大学中文系培养了许多人才，毕业生有的成为国内外大学的讲师，有的投身于翻译、写作、教育、出版、市场营销、媒体等领域。马来亚大学中文系重视学术研究，每年都会邀请国内外学者、各界人士到学校举办讲座和短期授课等，并根据性质开放给适合的听众群体。

在中文系与文学院的共同努力下，相继成立了红楼梦研究中心、马华文学研究中心。同时，中文系也和许多国外大学建立了良好的关系，其中以中国内地、台湾、香港等地为主。

马来亚大学红楼梦研究中心

马来亚大学红楼梦研究中心

简介

马来亚大学红楼梦研究中心于2018年12月15日成立，创立人是马来亚大学中文系毕业生协会荣誉会长兼马来亚大学中文系特聘教授丹斯里陈广才，地点设于马来亚大学内。

研究中心致力于提升马来西亚科研人员对于中国古代文学的兴趣与学术研究水平；扩大中国古代文学名著译本在马来语系的世界传播，使海外华人了解中华文学，促进马来西亚乃至东南亚各族群的理解与交流；建立一个国际交流的平台，加强世界各国的红学交流，推动红楼文化在东南亚的传播。而其研究对象包括中国古典文学，特别是中国古典小说如《红楼梦》《西游记》《三国演义》等经典名著。

研究中心藏书丰富，现存藏书主要分为中国文学史、中国历史、中国古代小说研究，以及《金瓶梅》《三国演义》《西游记》《水浒传》《红楼梦》专题研究等几个部分，数量已达3000余册。丹斯里陈广才除了赠予研究中心《红楼梦》各珍贵版本及红学研究藏书以外，更赠予了大量中国古典文学藏书。另外，马来亚大学中文系退休教师邬拜德拉教授、中文系主任潘碧华副教授、马来亚大学中文系毕业生协会理事苏伟妮也捐赠了大量藏书。

图书在版编目（CIP）数据

万芳同梦：《红楼梦》文化展马来西亚特展 / 周庆富主编. -- 北京：文化艺术出版社，2025. 4. -- ISBN 978-7-5039-7852-4

Ⅰ. I207.411-64

中国国家版本馆 CIP 数据核字第 20251UJ081 号

万芳同梦

《红楼梦》文化展马来西亚特展

主　　编　周庆富
责任编辑　刘利健
责任校对　董　斌
书籍设计　顾　紫
出版发行　文化艺术出版社
地　　址　北京市东城区东四八条52号（100700）
网　　址　www.caaph.com
电子邮箱　s@caaph.com
电　　话　（010）84057666（总编室）　84057667（办公室）
　　　　　84057696—84057699（发行部）
传　　真　（010）84057660（总编室）　84057670（办公室）
　　　　　84057690（发行部）
经　　销　新华书店
印　　刷　鑫艺佳利（天津）印刷有限公司
版　　次　2025年5月第1版
印　　次　2025年5月第1次印刷
开　　本　635毫米×1000毫米　1/16
印　　张　12.75
字　　数　100千字　图片约150幅
书　　号　ISBN 978-7-5039-7852-4
定　　价　380.00元